氷室教授のあやかし講義は月夜にて 3

古河 樹

富士見Ｌ文庫

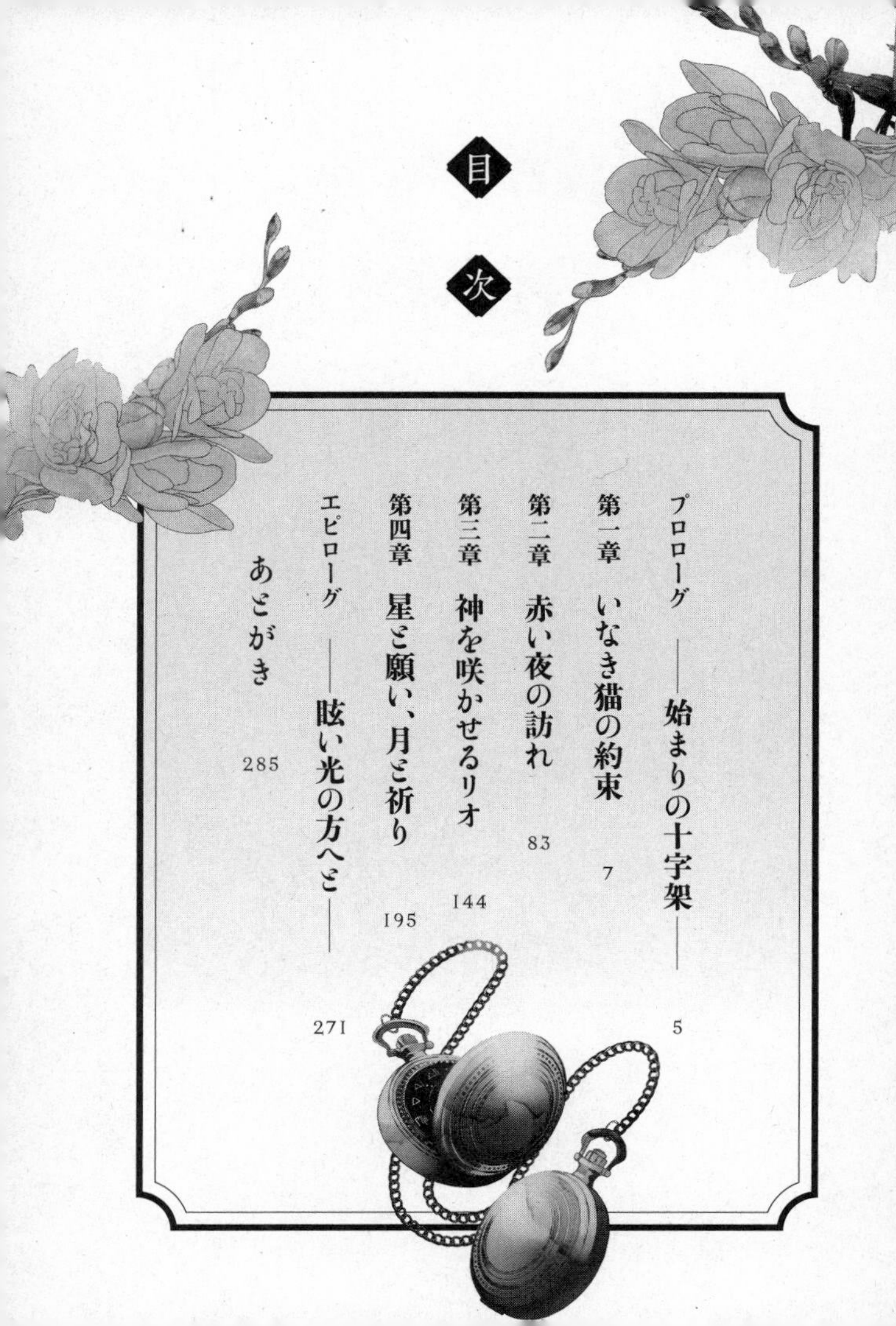

目次

プロローグ——始まりの十字架——

夢をみていた。神崎理緒(かんざきりお)はおぼろげな頭で考える。これはなんの夢だろう。

どこかの街だ。見覚えはない気がするけれど、建物や街並みの雰囲気には馴染(なじ)み深いものを感じる。夢のなかの理緒に体はなく、視界だけが移動していて、まるで幽霊にでもなって空を飛んでいるような気分だった。

視界はさらに動いていく。幾多の屋根の上を風のように舞い、やがて見えてきたのは小高い丘に建つ、古い教会。鐘のついた塔の上には錆(さ)びた十字架があり、それを認識した途端、理緒は激しい頭痛に襲われた。

……痛っ。そんな、夢のなかでも十字架がダメだなんて……っ！

理緒は二重に驚いていた。まずは夢なのに痛みがあること。頬(ほ)っぺたを抓(つね)って確かめたりするのだから、夢では痛みを感じないものだと思っていた。

次に驚いたのは夢のなかでさえ、十字架が弱点なこと。

理緒は霧峰(きりみね)大学に通う一年生。どこにでもいる、男子学生である。ただほんの少し普通と違うところがあるとすれば、その正体がハーフヴァンパイアであること。現在、理緒は半分人間で半分ヴァンパイアという中途半端な立ち位置にいる。

当然、ヴァンパイアの弱点も色々と持っていて、とくに十字架を見た時は頭痛で動けなくなってしまう。もちろん日常生活では気をつけているのだが、まさか夢のなかまで弱点が有効だなんて思わなかった。

体がどこにあるかもわからない状態なのにそれでも痛みは感じる。軋むような痛みに苦しんでいるなか、視界は移動し続けていた。教会のなかへと進み、どこかの地下室のような場所に行き着く。十字架はもう見えないが痛みは続いている。教会の敷地のなかというだけで弱点になるのかもしれない。

地下室の床には幾何学的な模様が描かれていた。壁には古い燭台の跡のようなものもあり、何かの儀式の場のような雰囲気だった。薄暗い闇のなか、ふいに動くものがあった。

床の模様の上に女性が座り込んでいる。見たことのない女性だった。プラチナブロンドの長い髪、鮮烈な赤のドレスを着ていて、顔立ちはゾッとするほど美しい。

突然、女性が顔を上げた。視界のなかで目が合う。向けられたのは、凄絶な笑み。

「――見つけた。待っていなさい。私は決してあなたを逃がさない」

背筋が凍りついた。女性は理緒に向かって言っていた。狩人に捕捉された獲物のような気持ちになり、怖気が走る。しかしそこで唐突に夢は終わった。

言い知れぬ不安を抱えて、理緒はゆっくりと目を覚ます――。

第一章　いなき猫の約束

春の桜は散り、梅雨の雨は止んで、季節は夏へと差し掛かった。七月の強い陽射しが空から降り注ぎ、しかし大学構内は空調が効いていて学生たちは快適に勉学に励んでいた。

霧峰大学、十二号館の大教室。神崎理緒は少し遅れて扉から入り、空いていた席に座った。やや色素が薄く、線の細い少年だ。鞄からルーズリーフや筆記用具を取り出していると、半袖シャツのポケットから小さな声が聞こえてきた。

「なんか今日はドタバタだったなぁ」

ポケットのなかにいるのは小さな羊。体長はだいたい理緒の指先ぐらい。もちろんそんな大きさの羊はいないし、そもそも羊はしゃべったりもしない。

彼の正体は俗にいう『あやかし』である。名前はウール。綿毛羊という種類のあやかしだ。この世にはウールのような『人ならざるモノ』が数多く存在する。初めて知った四月の頃はなかなか受け入れられなかった理緒だが、暦もすでに七月。もう慣れっこだった。

とくにウールは大学生活が始まって初めてできた友達である。今は学生アパートで一緒に暮らしているし、たまにこうして講義に連れてきたりもする。

まわりの学生には聞こえないように、理緒も小さな声でウールに返事をする。

「ですね……。危なく講義にも遅刻するところでしたし、反省です」

「りおが寝坊するなんて珍しいよな。ひむろの奴じゃあるまいし」

「ええ……」

今から始まる『海外民俗学』というタイトルをルーズリーフに書きつつ、理緒は言う。

「今朝はなんだか夢見が悪くて……」

「夢？　どんな夢だ？」

「それがよく覚えていないんです……」

シャーペンをあご先に当てて考える。何かとても恐ろしい夢だった気がする。起きた時、なぜか十字架を見た時のような頭痛もしていた。おかげで今日は寝坊をしてしまい、朝から大慌てだった。いつも早めにくる講義にも遅刻寸前になってしまう始末である。

と、そうこうしているうちにチャイムが鳴った。講義開始の本鈴だ。その音が鳴り止む前に大教室の扉が開いた。

黄金を溶かし込んだようなブロンドが揺れ、高級なスーツを着こなした長身が革靴の音を響かせて現れる。途端、大教室中の学生たちが吐息をこぼした。かれこれ三か月近く講義を受けているのに皆、見慣れないらしい。

やってきたのは、レオーネ＝Ｌ＝メイフェア＝氷室（ひむろ）教授。ハリウッドの俳優もかくやという美貌を持ち、この霧峰大学でも随一の人気を誇る教員だ。

しかし氷室教授は人間ではなく、その正体はヴァンパイアである。今から三か月前の春の夜、理緒をハーフヴァンパイアにしたのもこの氷室教授だった。

もちろん学生たちは教授の正体なんて知る由もない。理緒としてはこうして皆が教授に羨望の眼差しを向けている瞬間はなんとも複雑な気持ちになる。……あの人、顔立ちはすごく良いですけど、本性は色々大変な人なんですよ、と。

そんな氷室教授は教壇に立つと、大教室のなかをゆっくりと見回した。

「さて、皆すでに承知のことだろうが今日が前期最後の講義となる。前期試験も間近に迫っているので、皆寝る間も惜しんで勉学に勤しんでいることだろう。実に感心なことだ」

よく通る美声が朗々と響く。

「すでに伝えてある通り、この海外民俗学の試験範囲は前回の講義で学んだところまでとなる。よって今回の講義は肩の力を抜き、ユーモアに富んだ話をするとしよう」

一瞬、氷室教授がこちらを見た気がした。

「内容は『民俗学におけるヴァンパイアについて』だ」

えっ、と理緒は思わず声を上げそうになってしまった。

……ヴァンパイアについての講義？　ヴァンパイアの氷室教授が？

教授が薄く唇の端を上げた気がした。ポケットのウールがつぶやく。

「何考えてんだ、ひむろの奴……」

「本当ですよ。僕はもう卒倒しそうです……」

教授がヴァンパイアであることも、理緒がハーフヴァンパイアであることも、もちろん普通の人には秘密である。ただでさえ夢見が悪かったのに現実でも悪夢のようなことが始まろうとしていて、眩暈(めまい)を覚えた。

そんな理緒の心情を知ってか知らずか……いや確実にわかっているのだろう、理緒しか気づかないような絶妙に楽しげな雰囲気で氷室教授は話しだす。

「ヴァンパイア、もしくは吸血鬼。この高貴なる闇の存在について、知らぬ者はいないだろう。誰もが畏怖と羨望の念を胸に抱き、人間など足元にも及ばない高位の存在として認識しているはずだ」

いやいやいやいや……っ。

理緒は戦慄(せんりつ)した。発言がまんまヴァンパイアとしての氷室教授だった。いつも学生たちの前では一応、大学教授然とした顔をしているのに、化けの皮を脱ぎ捨てたような物言いだった。

「しかしヴァンパイアが実在している、と考えるような人間が現代のこの国にはいないことはわかっている。よって民俗学の立場から史料的な観点で見ていこう」

……し、心臓に悪いですっ。

どうやら一応、ちゃんと民俗学としての講義はやるようだ。まわりを窺ってみると、先ほどのヴァンパイアめいた発言について、ざわめきなどは起きていない。教授なりのジョークと学生たちは捉えているようだ。そんななか教授は意気揚々と続ける。

「ヴァンパイアは実在せず、あくまでフィクションの存在。諸君らはそう考えている。しかしヴァンパイアについて、公的な記録が残っているとすればどうだろう？」

学生たちが興味を惹かれ、より一層氷室教授に視線が集まる。公的な記録……？　と理緒も気になった。教授が手元を操作し、プロジェクターで画像が投映される。外国語で書かれた古い本の画像だった。

「これは1732年にオーストリア陸軍の軍医が提出した報告書だ。無論、当時のオーストリア当局による公的な記録に他ならない」

教授曰く、その陸軍軍医はセルビア出身のパウルという兵士について報告している。パウルはギリシアとレヴァントの戦線で活躍し、その後、1727年に故郷に戻っている。

しばらくは農民として平和に暮らしていたパウルだが、ある時、干し草を運ぶ荷車から落下して死んでしまう。その一か月後、なんとパウルは吸血鬼として蘇り、村人を次々に襲い、血を吸った。

またパウルの妻が生前の彼から聞いていたところによると、パウルはギリシアの戦線にいた頃、吸血鬼に襲われたらしい。辛くも退治することに成功したが、その際に血を吸われてしまったという。生前のパウルは自分が死んだ後のことを考え、ひどく悩んでいた。

「セルビアの伝承にはこうある。吸血鬼に血を吸われた者は死後、自らも吸血鬼となって人間を襲い始める、と。生前のパウルは自分が死後に吸血鬼化しないための対策をしていた。それは倒した吸血鬼の墓の土を食うという方法だが……効果はなかったようだな。セルビアの伝承に従ったのだろうが、私からすればそれは意味のない迷信だ」

やれやれという表情で首を振る。

「吸血鬼化したパウルは次々に人間を襲い、四人もの村人が犠牲となった。それだけでは飽き足らず、パウルは家畜や動物までも襲って血を吸っている。……まったく、優雅さの欠片(かけら)もない蛮行だ。まるで出来の悪いホラーのようだな」

氷室教授は軽くため息。それは明らかに同族の蛮行を嘆いている顔で、理緒としてはヒヤヒヤしてしょうがない。

本当にあの人は……と思いつつ、理緒は考える。

気になることがあった。次々に村人を襲い、家畜や動物にまで手を掛けるなんて、教授の言う通りパウルの行動はまるでホラー映画のようだ。吸血鬼というよりゾンビみたいなモンスターに思える。

それにセルビアの伝承で『死後に吸血鬼になる』と言われていることも引っ掛かった。

自分は教授によってハーフヴァンパイアになったけれど、もちろん死んだりなんてしていない。あの春の夜、あやかしに襲われて死にかけたところをハーフヴァンパイア化することで助けてもらったのだ。つまり理緒は生きながらにハーフヴァンパイアになった。この違いはすごく大きいと思う。

ひょっとして『吸血鬼』と『ヴァンパイア』で何か違いがあるんだろうか。……いや、そうとは思えない。教授は普段、自分のことを『ヴァンパイア』と言っている。今、『吸血鬼』という単語を使っているのは単純にその方が学生たちの耳馴染みがいいと考えてのことだろう。

「ああ、そうです、そもそも……」

シャーペンのお尻を口先に当て、理緒はさらに思考する。

あれは今から少し以前、梅雨の時季のこと。氷室教授は理緒を連れて霧峰北病院にいき、院内で骸骨のあやかしを見つけた。

氷室教授はこの霧峰の街であやかしの調査をしている。その目的は『ヴァンパイアのルーツを見つけること』。理緒とパウルもそうであったように人間はヴァンパイアの手によってヴァンパイアになる。ということはその大本をたどっていくと、いつかは始まりのヴァンパイアに行き当たるはずである。

その原初のヴァンパイアのことを『真祖』と言い、氷室教授は長年に亘ってその『真祖』がどういったものだったのかを調べている。けれど世界中を旅しても『真祖』の足跡は見つからなかったそうだ。

教授はやがて日本に流れ着き、この国に『人間が人ならざるモノ』になるという事象が多いことに気づいた。それは『人間がヴァンパイアになる』事象と決して遠くはない。

よって教授は日本のあやかしのことを調べることで、『真祖』のヒントが摑めるかもしれないと考え、現在はこの霧峰の土地を中心にあやかし調査をしている。

ちなみに教授の研究が成就し、『真祖』のことを解き明かせた暁には理緒は人間に戻してもらえることになっている。だから霧峰北病院で骸骨の調査が終わった時、理緒は意気揚々と尋ねたのだ。これで研究は進みそうですか、と。

というのも霧峰北病院の骸骨の正体は、大正時代の医者だった。彼は天寿を全うし、死後百年経ってから骸骨として現れた。つまり人間が『人ならざるモノ』になった実例である。これはきっと教授の研究の役に立つだろうと思った。

しかし返ってきた答えは残念なものだった。

——理緒、お前は一度死んでからハーフヴァンパイアになったのか？　違うだろう？

——生者が変容したものでなければ、ヴァンパイアとの比較対象にはなり得ない。

あの時、氷室教授は確かにそう言っていた。

つまり『ヴァンパイアは生きている人間がなるもの』なはずだ。だから医者が死後にあやかし化した骸骨の事例は研究の役には立たない……ということのはずだ。

しかしセルビアのパウルは死んだ後に吸血鬼になったという。これだと教授が言っていたことと食い違う。一体どういうことなのだろう。

理緒が疑問に頭を悩ませるなか、教授の言葉は続く。

「東欧で起きたこのパウルの事件は西欧に伝わり、やがてヨーロッパ中で大論争を巻き起こした。しかし諸君のなかには首を傾げている者もいるかもしれない。確かにパウルは村人を襲い、血を吸った。だがこれは果たして諸君が思い描く吸血鬼像と一致するものだろうか？」

理緒は思わず大きく頷いた。その通りだった。セルビアのパウルは理緒の知っているヴァンパイアとまったく違う。教授は一拍置き、身振りをつけながら続けた。

「諸君が思い描く吸血鬼と言えば黒衣を身にまとい、牙を生やし、コウモリを従えたミステリアスな紳士……というところだろうな」

間違いない。ハロウィンなどで仮装する時の吸血鬼はそういうイメージだし、理緒の知っている氷室教授も牙があり、貴族気質の紳士で、以前にヴァンパイアの力を解放した時は黒衣のようなものを一瞬まとっていた。

壇上で教授は自らの胸に手を置く。

「それに私のような美貌も兼ね備えているイメージだろうな」

「いやそういうのはいいですから」

つい小声で突っ込みを入れてしまった。幸い小声だったのでまわりには聞こえなかったようだ。ちなみに学生たちは突っ込むこともなく、『確かに……』という顔で教授の美貌に見惚れている。なんだかなぁ、と思う理緒だった。

教授はあご先に手を当て、改めて学生たちに視線を向ける。

「吸血鬼に対して現在のイメージが定着したのは吸血鬼文学のブームが直接的な要因だと言えるだろう。吸血鬼の存在について論争が起こったことで、ヨーロッパには吸血鬼を主題とした文学作品の一大ムーブメントが生まれた。その波は繰り返し幾度も起こり、数々の名作が世に誕生する」

スクリーンに作品タイトルと年代のリストが表示され、画像端には直筆らしき外国語の原稿もいくつか映る。

「なかでも金字塔として名高いのは1819年に出版されたジョン・ポリドリ作の『吸血鬼』だ。この主人公・ルスヴン卿は夜会服を身にまとった貴族であり、美貌によって数多の人間を魅了し、首筋から生き血を吸う。また1897年にはブラム・ストーカー作の『吸血鬼ドラキュラ』が登場した。吸血鬼として最も有名なのはこのドラキュラだろう。この作品は幾度となく翻訳や映像化などが行われ、ドラキュラの名は世界中に知れ渡った」

ちなみに、と教授は一度言葉を切った。

「この国では『ドラキュラ』と『吸血鬼』を混同しがちだが、ドラキュラというのはあくまで個人名だ。彼は吸血鬼という種のひとりに過ぎない。海外で『吸血鬼』の話をしようとして『ドラキュラ』と言うと、相手と理解の齟齬が生じるので気をつけるといい」

「や、海外で吸血鬼の話をする機会なんて滅多になさそうですけど……」

と思いつつ、理緒はかなり混乱してきた。

氷室教授は今日の吸血鬼のイメージは文学作品によって生まれたものだと言う。教授自身もそれに沿ったような姿をしていて、けれど吸血鬼そのものはずっと昔から存在していたはずだ。吸血鬼文学のブームの始まりが1800年代なら、たぶん教授たちはもっと昔から生きている。なんだか現実とフィクションの境が曖昧になっていくような感覚がしてクラクラした。

それに吸血鬼として公的記録に残っているセルビアのパウルはまるでゾンビのような感じで、考えだすとますます混乱してしまう。

吸血鬼……ヴァンパイアって一体なんなんでしょうか。

いつの間にか、根源的な疑問が理緒の頭のなかを埋め尽くしていた。あまりに熱心に悩んでいるせいか、逆に頭がぼーっとしてきた。まるで熱に浮かされたように思考もまとまらなくなってくる。

「あれ……？」

　だんだん瞼まで重たくなってきて、理緒は体の異変に気づいた。なんだか……やたらと眠い。睡魔が止め処なく押し寄せてきて、気を抜くと机に突っ伏してしまいそうだ。

「りお。おい、りお……っ」

「ウール……？」

　ウールが前脚でポケットの外を指していた。

「カーテンしろ！　また眠っちゃうぞ……っ」

「……あ」

　そういうことか、とようやく気づいた。

　今座っているのは大教室の窓際だった。最初は日陰だったのだが、講義が進むうちに陽が傾いて、いつの間にか日光が当たってしまっていた。日光が苦手、というのはヴァンパイアの典型的な弱点だ。

　かく言う理緒も日光を長時間浴びていると、異様に眠くなってしまう。いつもは陽の当たらない場所を選んでいるのだけど、今日は時間ギリギリになったせいで良い席に座れなかった。しかも考え事をしていたせいで陽が当たるまで気づけなかった。

　正直、大ピンチだった。理緒は似たようなことで何度か氷室教授の講義を中断させてしまったことがある。その度に心が折れるようなペナルティを課せられてきたし、まわりの学生たちからもそろそろ『いつも騒ぎを起こす奴』と思われているかもしれない。

「うぅ……」

なんとかしないといけない。だけど眠気が限界だった。全身から力が抜け、理緒の頭は重力に負けて机へ一直線に向かう。そうして、まさにぶつかろうとした瞬間、

「次は吸血鬼の弱点についての話だ」

すぐそばで氷室教授の声がした。同時にカーテンが爽やかな音を立ててレールを走る。理緒の席の周辺が日陰に変わった。

「諸君も知っての通り、吸血鬼には多くの弱点があるものと信じられている。ニンニク、十字架、香、流れる水を苦手とするという説もあれば、鏡に映らないという説もある。あとはそう、日光も弱点としては有名だな」

日陰になったおかげで体勢を立て直すことができた。机に当たる直前で手を突き、その姿勢のまま理緒は窓際に視線を向ける。

氷室教授の仕草は極めて自然だった。日光の話をするので戯れに陽を遮ってみた、という雰囲気だ。学生たちも不審に感じている様子はない。

「しかし実はルスヴン卿にしてもドラキュラにしても原典に日光が弱点だという記述はない。吸血鬼の数多の弱点は絶対的に存在するものではなく、単純に後発の作品群によって徐々に形作られていったところが大きい。いわば、ただの思い込みだ。そもそも十字架などはキリスト教圏ではない土地の吸血鬼には効く道理がないからな。もしも今、私の目の

前に吸血鬼がいたならば、私はこう言うだろう。——弱点など気のせいだ、と」

その声を聞きながら理緒は思った。

今まで度々教授の講義を中断させてしまってきた。その度にペナルティを課せられ、叱られた。だからこそ、今起きたことが信じられなかった。

……教授が講義中に助けてくれた？

こんなことは初めてだった。


最近、氷室教授の様子がちょっとおかしい。

理緒がそう思うようになったのは今から少し前、梅雨を過ぎた頃からだった。もちろん貴族気質なのは相変わらずで、事あるごとに理緒をヴァンパイアの眷属（けんぞく）扱いしてくるし、ちょこちょこ人間を見下すような発言もする。

ただなんというか、らしくない行動をするようになった。今日、講義中にカーテンを引いてくれたこともそうだ。以前なら講義中のことはすべて自己責任という感じで、理緒が弱点で困っていても放っておいて、むしろペナルティを与えて楽しんでいた。それがまさかフォローをしてくれるなんて。

あとはなんだかやたらと物をくれるようにもなった。たとえば外国製のワイングラス、英国紳士が使っていそうなステッキ、ハイブランドのロゴが入ったマネークリップ等々、ある日突然なんの脈略もなく「理緒、これをやろう」と渡してくる。

正直、理緒はまだワインは飲めないし、ステッキなんてどう使えばいいかわからない。マネークリップも身の丈に合わないからなかなか持ち歩く勇気が出ない。教授本人なら似合いそうだけど、微妙にズレた贈り物ばかりだった。こちらとしては戸惑うばかりである。やっぱりおかしい。

それにあの氷室教授がヴァンパイアについての講義をするなんて……とも思う。あれで勉学には真摯な人だ。いくら試験範囲外だからって、もうちょっと他の題材がありそうな気がする。

「僕に向けて講義していた、というのは考え過ぎ……でしょうか」

「んー？　なんか言ったか？」

ポケットからウールがひょっこりと顔を出した。

海外民俗学の講義が終わって、今は昼休み。理緒は教員棟の廊下を歩いていた。ヴァンパイアの講義でいくつか気になったことがあるので、それを聞きにいこうと思っていた。

昼休みの廊下に学生たちの姿はなく、教員たちもそれぞれに昼食を摂っているのか、まわりには誰もいない。それを確認し、理緒は自分のポケットへ囁く。

「ウールはどう思います？　最近の氷室教授、ちょっと変ですよね？」

「？　ひむろの奴はいつだってマトモじゃないだろ？」

確かに、と一撃で納得してしまった。

ただ、マトモかどうかとはまた別のおかしさなのだ。でも上手く言葉で説明するのが難しい。どうしたものだろう、と悩ましく思っているうちに氷室教授の研究室に着いた。扉を軽くノックする。

「教授、僕です」

「理緒か。開いているぞ」

すぐに返事がきた。扉を開けると、見慣れた研究室の景色が視界に広がる。

雰囲気はさながらアンティークな高級家具店。部屋の奥に英国製のロッキングチェアとデスクがあり、壁際には北欧から取り寄せた本棚が並んでいる。ただし部屋の大半を埋め尽くしているのはあやかしの研究書や古文書や絵巻物の類で、独特なアンバランスさのある研究室だった。

氷室教授はお気に入りのロッキングチェアではなく、デスクの方で仕事をしていた。椅子が半回転してこちらを向き、青い瞳が見つめてくる。

「どうした？　講義中に居眠りをしそうになったペナルティを自ら受けにきたのか？　だとすれば殊勝なことだな」

「や、寝てません。寝てませんから！」

教授が指を鳴らそうとしたので慌てて声を荒らげた。あれは使い魔のコウモリたちを呼ぶ合図だ。居眠りしていないのに罰を与えられては堪らない。

「でも教授が日光を遮ってくれて助かりました。ありがとうございます」

「構わん。下々の面倒を見てやるのは貴族の務めだ。まあ、日光程度で弱るのは私の眷属としては嘆かわしい限りだがな」

「眷属はやめて下さいってば。僕はヴァンパイアじゃなく人間ですから」

「半分だけだろう？」

「いずれは全部人間に戻ります！」

いつも通りの日常的な会話だった。やっぱり自分の考え過ぎだったろうか、と思ってしまう。

「しかしちょうどいいところにきた。理緒、ハーブティーを淹れろ。私も書き物が一段落したところだ」

「はいはい、わかりました」

当たり前のように命じられたが、これはもう慣れっこだ。理緒はティーセットの入った戸棚に向かう。二人分のハーブティーを用意し、ウールには角砂糖を三つほどソーサーに分けてあげた。教授はティーカップを手にし、一口飲むと口を開く。

「試験が終われば夏季休暇だが、お前はどうするつもりだ？」

「どうって……どういうことですか？」

「予定というものがあるだろう？　大学の長期休暇には生家に帰省する学生も多い」

「ああ……」

少し言い淀んだ。もちろん生家……というか、実家なら理緒にもある。だが帰省する予定は今のところはない。

「えっと、僕は実家が近いですし、とくに帰ったりはしないと思います。……あ、広瀬さんは地元に帰るって言ってましたよ。親友の高町さんの家に泊めてもらうそうです」

ゼミの先輩のことを出して、話を逸らそうと思った。

「なんでも広瀬さんの飼い犬を高町さんのところで預かってもらってるそうで、確か……名前はクロスケって言ったかな？　ふわふわで可愛らしい子犬だそうですよ。久しぶりにクロスケに会えるのが楽しみだって、広瀬さん言ってました」

正直、自分の実家の話題はあまりしたくなかった。別に嫌なわけではないけれど、あえて説明するほどのことでもない。

教授は「ふむ、生家には帰らないのか……」と広瀬さんの話をきっぱり無視。なぜか少し残念そうだった。

「まあいい。お前にも事情というものはあるだろう」

「ええと……あ、そういえばリュカと遊ぶ約束はしてます。夏休みはバイト三昧らしいんですけど、合間を縫って山とか海にでもいこうかって」

「お、いいな！　おれは山にいきたいぞっ」

角砂糖の端っこをはむはむしていたウールが顔を上げ、嬉しそうに言った。一方、教授は肩をすくめる。

「リュカの言い出しそうなことだな。本来、学生は休暇中こそ勉学に励むべきだが……そうだな、時には遊興も必要か」

そう言うと、教授はおもむろにスーツの胸ポケットへ手を差し入れた。取り出したのはハイブランドの長財布。一体何をするのかと思っていたら、

「取っておけ。私からの小遣いだ」

お札の束を渡された。それも目が飛び出るような量だった。

「はいっ!?　な、なんですかこれ!?」

「ん？　小遣いだと言っているだろう。浪費家のリュカと遠出するなら何かと入り用だろうからな。あって困るものではないはずだ」

「いやっ、だからって限度があります、限度が！　学生に渡していい金額じゃありませんよ、それ!?」

「何を言う。古来、使用人が故郷に帰るとなれば、貴族たちは十分な量の旅費を与えて送り出した。遠慮することはない。お前の旅の糧にしろ」

「旅とか出ませんから！　故郷に帰るわけでもなければ、使用人でもありませんし、とにかくしまって下さい！」

やっぱりおかしい。氷室教授は明らかに変だ。だいたい、いつもの教授なら『喜べ、夏季休暇中はあやかし調査に集中できるぞ』とか言いそうなものなのに、遊ぶのを後押しした上にお小遣いまでくれようとするなんて。絶対に変だ。

「旅費は必要ないのか……？」

「必要ありませんっ」

「そうか……」

どこか残念そうに教授は眉を寄せた。納得のいかない様子でお札の束をしまう。

「お前はワインや装飾品には興味がないようだからな。ならば現金の方が良いのかと思ったが……難しいものだな」

「いやいやいや……」

どうやらワインやステッキなどの数々は今のお小遣いのような感覚で渡してきていたらしい。もうワケがわからない。一体、教授はどういうつもりなのだろう。ヴァンパイアについての質問をするどころではなくなってきた。

「気持ちだけもらっておきます。気持ちだけ」

なんとか言葉を絞り出し、とりあえずハーブティーのおかわりでも淹れようかと席を立つ。するとふいに研究室の扉がノックされた。

「ちわーッス！　氷室教授、いますか？」

返事も待たず入ってきたのは、銀髪の男子学生。夏場にちょうどいいTシャツ姿で全体的に軽い雰囲気。あちこちにアクセサリーをつけている。ちょうど今、夏休みの話題に出ていた、リュカである。

「お、理緒もいるじゃん。ちょうど良かったわ。……ん？　どうしたん？」

リュカが現れた途端、氷室教授が無言でまたお財布を出そうとしたので、理緒はすかさず腕を摑んで阻止。

「なんだ？　私は理緒の旅費だと言ってリュカに預けようと考えているだけだが？」

「それ普通にダメです。リュカの金銭感覚がおかしくなっちゃいます。教育上よろしくないのでやめて下さい」

と、話していたら当のリュカがスス……と寄ってきた。

「なんかよくわからんけど……なあなあ理緒、今日ちょーっぴりピンチなんだ。昼飯代に五百円だけ貸し――」

「絶対に貸しません！」

「うおっ⁉　なんか理緒から並々ならぬ決意が⁉」

確固たる意志で断言。今後、教授とリュカがセットでいる時は殊更お金に厳しくしようと決意した。一体どんな化学反応がおきてしまうかわからない。

とりあえず「ちぇー」と肩を落としているリュカにもハーブティーを淹れてあげる。一緒に出したクッキーを摘まむと、やがてリュカは話を切り出した。

「そんでまあ、俺の用事なんスけど」

改めて教授の方を見る。

「あやかしの噂聞きつけてきたッス！」

「ほう？」

一気に教授の興味が傾いた。ロッキングチェアの方へいき、長い脚を組んで腰掛ける。何かと様子がおかしい教授だけど、あやかし調査についてはちゃんと通常モードになるようだ。

調査にあたって、氷室教授はリュカのような海外からやってきた『人ならざるモノ』を自分のゼミに所属させ、噂話の収集をさせている。なかでもリュカはコミュニケーション能力が高く、街中に知り合いがいるので、よくこうしてあやかしの噂を聞きつけてくる。

「早速聞こう。どんな噂だ？」

「はいッス、その名も『いなき猫』！」

いなき……？　と耳慣れない言葉に理緒は首を傾げる。

リュカ曰く、街外れにあやかしの猫が出るらしい。特徴は人間の言葉を話すこと。目撃者は商店街の人々や学校の子供たちなど多岐に亘るという。

彼らが言うには、最初はただの飼い猫だと思ったらしい。野良猫のような野生の雰囲気はなく、どこかで飼われていそうな身綺麗な猫だそうだ。その猫は路地裏や学校の校庭にふらりと現れ、唐突に言葉をしゃべる。

いない……いない……どこにもいない……と。

当然、目撃者は腰を抜かしそうなほど驚いてしまう。しかし猫はまったく意に介さず、いないいないと鳴いて、どこかへいってしまう。

「なるほど、『いないと鳴き続ける』ことから『いなき猫』か」

「みたいっスね。噂が広まっていつの間にかそう呼ばれるようになったみたいッス」

「いない……ってその猫は誰かを捜してるんでしょうか？」

「言葉通りに受け取るならそうだろうな。……ふむ、人語を発する猫か」

教授はトントントンと肘置きを叩き始める。

「有名どころでは猫又が真っ先に挙げられるだろうな。猫又は『山中の獣』といい、野生の猫が山深き野で力をつけてあやかしになったものと言われている。一方で飼い猫が長寿の末にあやかし化するという例も数多い。まあ、猫又自体はそう珍しいものではないな」

「猫又って尻尾が何本もあるんでしたっけ……？」

「それは九尾の狐だ」

うろ覚えの知識で聞いてみたら、教授に微妙な顔で訂正された。

「猫又とは読んで字の如(ごと)く、尾が二股(ふたまた)に分かれている。つまり尾は二本だ。ただ例外もあり、鎌倉前期の『明月記(めいげつき)』に登場する猫又は尾の数よりも体軀(たいく)の大きさの方を言及されている。猫又本人に聞いてみなければわからんが、必ずしも尾の数が判別の基準ではないのだろうな。なにせこの国には化け猫、怪猫(かいびょう)、猫神など、猫のあやかしは相当数いる」

「見た目は普通の猫みたいッスよ。尻尾が多かったり、化け猫みたいに着物を着てたりって話はなかったッス。ってかマジで普通の飼い猫っぽい」

リュカは日本茶のようにズズッとハーブティーを飲むと、ポケットからメモ用紙を取り出した。

「目撃情報が多いんで猫の種類もわかったッス。種類は茶毛の……ええと、スコティッシュ・フォールド。あやかしとしての特徴は言葉を話すってことだけみたいッスね」

「スコティッシュ・フォールド？」

珍しく教授が首を傾げた。あやかしのことは詳しいけれど、飼い猫の種類については専門外らしい。教授のカップにハーブティーのおかわりを注ぎながら理緒は言う。

「折れ耳が特徴の小さな猫です。愛らしくて大人しいので、ペットとしては人気の種類ですよ」

「ほう、詳しいな。理緒、お前は猫が好きなのか？」

「いや……飼いたいわけじゃないですからね？　ある日突然、猫を連れてきたりはしないで下さいよ？」

「遠慮はいらんぞ？」

「遠慮なんてしてませんって。僕がスコティッシュ・フォールドについて知ってたのは、なんていうか……たまたまです」

少し言葉を濁した。隠すようなことでもないけれど、わざわざ説明するようなことでもない。教授は軽く肩をすくめ、話題を戻す。

「話を聞く限り、危険な類のあやかしではなさそうだな。しかし目撃者が多くいる以上、放置しておくわけにもいかん。霧峰の土地は私が管理する領土だ。民草に平穏を与えてやるのは領主の務め。——リュカ、『いなき猫』が現れるのは街外れとのことだったが、具体的にどの辺りだ？」

「はい、だいたい峰野町の辺りっスね。そう広くはないッス」

「え……峰野町？」

思わず声が出てしまった。教授とリュカに『どうかしたのか？』という顔で見られ、慌てて取り繕う。

「あ、すみません。なんでもないです。そうだ、調査にいくなら道具の用意をしますね」

教授が愛用しているアンティーク調の鞄の方へいき、誤魔化した。

峰野町って、それこそまだ夏休みでもないのに……。

調査道具を鞄に詰めつつ、胸の内が重たくなるのを感じた。嫌なわけじゃない。だけど心が弾むわけでもない。

二人に対してはつい誤魔化してしまったが、実は峰野町には――理緒の実家がある。

複雑な思いで鞄を閉め、準備を終えた。そんな理緒の背中を氷室教授が背後からじっと見ていた。


峰野町は霧峰大学から一時間半ほどの場所にある。氷室教授のマンションがあるような開発地区からも遠く、学生が遊べるようなところはあまりない。一方でちょっとしたスーパーや商店街、小中学校や高校は固まっていて、主に家族世帯が住んでいる地域だ。

昼休みの後、理緒とリュカに講義が入っていたので、夕方近くなってから峰野町に移動した。陽射し(ひざし)は幾分和らいだが、アスファルトからの熱は残っていてまだ暑い。

リュカが集めた目撃情報を頼りにして、まずは商店街にやってきた。ここの酒店の店主さんが『いなき猫』に遭遇したそうだ。

「本当、びっくりしたよ。酒瓶のケースの陰に小さな猫がいてね。可愛(かわい)い顔してるからツマミの残りでもやろうかと覗(のぞ)き込んだら、いきなりしゃべりだすんだもんよ。『いない、いない……』って。思わず仰け反って、ギックリ腰が再発するかと思ったさ」

五十代ぐらいの店主さんは身振り手振りを交えてそう話してくれた。

氷室教授「ふむ」と頷き、尋ねる。

「なるほど……猫がいた正確な場所はどの辺りになる？」

隣の電気店との路地に案内されると、教授は鞄から古めかしいランタンを取り出した。

そのまま無造作にマッチで火を入れようとする。

峰野町に着いてから理緒はなんとなく大人しくしていた。たまに辺りをきょろきょろと見回し、俯いていた。しかし教授が当たり前のようにランタンを使おうとしているのを見て、さすがに目を剥いた。

「わーっ!? 何しようとしてるんですか!?」

「ふむ？『宝石光のランタン』だ。お前も知っているだろう？」

「知ってます！　知ってるから言ってるんです！」

教授が持っているのは、あやかし調査のための道具だ。『宝石光のランタン』といい、文字通り宝石のような光を放って、あやかしの痕跡を教えてくれる。危ない道具ではないけれど、光につられてあやかしそのものが出てくることもある。こんな人目の多い商店街で使っていいものじゃない。

「何を焦っている？　いつも言っているだろう。たとえどれだけ目撃されようが、下等な人間の記憶など私に掛かればいくらでも改竄できる、と」

「そういうところだけは本当ブレないんですね!?」

ランタンを奪うように取り上げて、どうにか阻止した。なぜか隣のリュカが「おー」と拍手してくる。

「すげえな、理緒。氷室教授から物を奪い取るなんて普通できねえぞ。やっぱ氷室教授の助手は理緒だな。よっ、名誉助手!」

「ぜんっぜん嬉しくありません……っ」

ランタンを抱き締めて理緒は首を振る。一方、教授は「まったく」と眉を寄せた。

「ワガママな奴め。『宝石光のランタン』を使えば簡単に『いなき猫』の足跡を見つけられるというのに。お前はもう少し合理性を学ぶべきだ」

「合理的なことだけじゃ人間社会は成り立たないんです。とにかくここでランタンを使うのはやめて下さいっ」

教授は何とも不服そうな顔だ。だけどこっちも引くわけにはいかない。結果、とりあえず目撃情報のあった場所をすべて回ってみることになった。

まずは商店街の他の店舗で話を聞き、次は近くの峰野小学校、同じく峰野中学校。それに少し離れた峰野高校にも現れたそうなので、そちらにもいってみた。

いくつか目撃者の話は聞けたけれど、内容は最初の酒店の店主さんとそう変わりがなかった。共通しているのは見た目はまるっきり普通の猫だということ。高校生のなかに猫好きの子がいて、彼女によるとやはり種類はスコティッシュ・フォールドらしい。『いなき猫』はふらりと現れ、『いない……どこにもいない……』と言ってまたどこかへいってしまう。その声について、峰野小学校の子は『なんだかすごく泣きそうで、可哀想(かわいそう)な声だった』と言っていた。

目撃情報をまとめてみると、やはりこの峰野町のどこかに『いなき猫』がいるのは間違いなさそうだ。しかし、

「見つかんねえなあ。いっそランタン使っちゃってもいいんじゃね？」

リュカがラムネの瓶を握りながらぼやく。今いるのは小学校の近くの駄菓子屋。ここも目撃情報のあった場所だ。道路に面したところにアイスクリームの冷凍ケースと古いゲーム機があり、理緒とリュカは店先のベンチに腰掛けている。

暑いなかずっと歩き詰めだったので、とりあえず一旦(いったん)休憩しているところだ。

ちなみに氷室教授は店のなかで二十円のチョコを手に取り、愕然(がくぜん)としている。

「なんだこの安価な値段は……!?　私がかつてこの霧峰を訪れた四十年前の価格だぞ。この店は時が止まっているのか……!?」

教授は何気に常識的な金銭感覚がない。以前、リュカのバイト先の居酒屋でも値段が安いと驚いていたので、駄菓子屋となれば尚更(なおさら)なのかもしれない。ちなみに店主はエプロン

姿のおばあさんで、外国人の教授が驚いているのを見て、楽しそうにころころと笑っている。

一方、理緒はリュカのラムネと同じく、駄菓子屋で買ったあんず飴を手にし、なんとなく口を噤んでいた。

商店街、小学校、中学校、高校、駄菓子屋……『いなき猫』の目撃情報をもとに巡ってきた場所のことを思い、落ち着かない気持ちになっていた。

……偶然なのかな？　でもそれにしたって……。

物思いに耽っていると、隣のリュカにちょいちょいと肩を突かれた。

「理緒、ちっこいのがスンスン鼻出してるぞ？」

「……小さいの？　あ、ウール」

リュカに言われて見てみると、ウールがポケットから鼻を出し、あんず飴を気にしていた。

「食べたいんですか？　いいですよ、どうぞ」

もう小学校の下校時刻は過ぎているので人通りはない。駄菓子屋のおばあさんも教授から「これは値段表記の誤りではないか？　おそらくはゼロが一つ足りないはずだ。店主よ、どうなのだ？」と質問責めにされていて楽しそうなのでこっちを見ていない。ウールが顔を出しても大丈夫なはずだ。

だけどなぜかポケットから出てこない。まるで躊躇うように小っちゃな鼻だけが出たり引っ込んだりしている。

「ウール？　どうしたんですか？」

「んー、ひょっとして俺のこと気にしてんじゃね？」

「リュカを？　……あ」

　言われて気づいた。そういえば、こうしてウールとリュカがちゃんと一緒にいるのは初めてかもしれない。お互いのことは理緒がいつも話しているし、何度かすれ違ったこともあるけれど、考えてみれば二人が会話を交わしたことは今までなかった気がする。

　思い返してみると今日、リュカが研究室にきてからウールは一度もしゃべっていなかった。こう見えてウールは繊細なので人見知りしていたのかもしれない。自分ももともと人付き合いが苦手な性格なので、理緒は慌てて謝る。

「すみません……っ。僕がちゃんと気づかなくちゃいけなかったのに」

　姿勢を正してリュカの方を手で示す。

「ウール、紹介します。親友のリュカです。こう見えて温かくて優しい人だからウールも絶対仲良しになれますよ。ちょっとお金にはだらしないですけど」

「最後のは余計じゃね!?」

「ちゃんと五百円返してくれたら訂正します」

研究室では貸さないと言ったけど、結局あの後、教授の見ていないところで今日のお昼代を貸してあげた。なのでここは譲れない。

ポケットからウールがもぞもぞと出てきた。つぶらな瞳がリュカを見る。

「……話はいろいろ聞いてるぞ。りおが世話になってるな」

「良いってことよ。なんせ親友だからな」

こちらの肩に肘を乗せ、さすがのコミュニケーション能力でリュカはすぐさま笑顔を見せた。理緒は頬を緩ませ、今度はウールを紹介する。

「リュカ、こちらは綿毛羊のウールです。大学に入って僕と最初に友達になってくれたのがウールなんです。今はアパートで一緒に暮らしてます。ウールは僕の一番の友達なんですよ」

駄菓子屋の店先でそう言い、なんだかくすぐったい気持ちになった。

理緒は子供の頃から体が弱かった。霧峰北病院で入退院を繰り返し、満足に学校に通えなかったのでちゃんと友人ができたこともない。だから友達を友達に紹介するなんて考えてみれば初めての経験だった。

……ああ、昔の僕に教えてあげたいです。

脳裏に浮かぶのは、小学生の頃の自分。あの時、ランドセルを背負った自分は独りぼっちで淋しくあんず飴を買っていた。でも時が経って、今はこうして友人たちと一緒に店先のベンチに座っている。なんだかとても嬉しく思えた。

ウールとリュカはきっと仲良くなれると思う。いや間違いなくなれる。そんな確信を持って感慨深さに目を閉じていると……なぜか沈黙が流れていることに気づいた。

「あれ？　どうしたんですか、二人とも」

「…………」

「…………」

なぜだか視線が集まっていた。ウールとリュカは揃って理緒のことをじぃーっと見つめている。そしてほぼ同時に叫んだ。

「おれはりおの親友じゃないのか!?」

「俺ってば理緒の一番じゃねえの!?」

「ええっ!?」

予想外の反応だった。ウールはシャツを登ってきて右肩にしがみつき、リュカは左腕を掴んで迫ってくる。まさに板挟みの状態。理緒は目を白黒させる。

「いえっ、あのっ、どっちがどうのではなくてですね……っ！　出逢った時の流れでそう言ってただけで、もちろんウールは親友ですし、リュカだって一番ですから……っ」

「このでっかいのが一番ってことは、おれは二番になっちゃうのかぁ!?」

「おいおいおい、このちっこいのを蹴落として一番になるのは辛えよ、理緒!?」

「ど、どうすればいいんですかーっ⁉」

人生初の事態に大混乱に陥る理緒だった。

するとお店のなかからペタンペタンとサンダルの音が聞こえてきた。おばあさんが氷室教授と一緒に店先に出てくる。

ウールは姿を見られてはいけないので、とっさにジャンプして理緒のポケットに飛び込もうとする。しかし焦っていたのか、着地点の見定めに失敗。地面に落ちかけたところをリュカがキャッチして、自分のTシャツのなかへ放り込んだ。

「あらあら、賑やかだねぇ」

なんとか見られはしなかったようで、おばあさんはにこやかに笑っている。

その後ろで教授は三十円のスナック菓子や当たり付きの棒形チョコを山のように抱えていた。どうやら日本の駄菓子が気に入ったみたいだ。

「まったく、お前たちは騒がしいな。もう少し店主の迷惑も考えるべきだ」

「あらいいのよぉ、教授さん。昔のお客さんが大きくなってまた来てくれるのは駄菓子屋の楽しみの一つなんだから」

おばあさんにそう言われ、理緒は驚いた。

リュカは「昔の客?」と首を傾げている。ウールも不思議に思ったらしく、Tシャツの下でもぞもぞと動いている。理緒は戸惑いながら口を開く。

「僕のこと、覚えてるんですか……？」

「もちろんよぉ。この辺りの子供はみーんなウチに来てるもの。ひとりひとりちゃんと覚えているわ。大きくなったわねえ」

「ふむ？　理緒、店主と知り合いなのか？」

こちらに駄菓子の山を渡しながら教授が尋ねる。鞄(かばん)はベンチの横に置いてあるので、そこに入れておけということらしい。駄菓子を落とさないように受け取り、理緒は頷(うなず)いた。こうなっては話すほかない。もともと黙っているようなことでもないし。

「えっと、はい、実は……」

理緒は子供の頃にこの駄菓子屋に来たことがある。それに峰野町の商店街、小中学校に高校も昔から知っている場所だった。というのも今日見てまわった場所はすべて理緒の地元だから。

「地元だと？　お前が生まれ育った場所ということか？」

「そうです。調査には関係がないと思って黙っていたんですが……」

子供の頃から買い物といえばあの商店街で、小中学校と高校ももちろん理緒が通っていた母校だ。おばあさんの言う通り、この駄菓子屋にも何度か来たことがある。

「なぜ言わなかった？」

「や、だから調査には関係ないことですし、それに……」

言いづらさを胸に抱え、目を逸らす。

「……これといった思い出も作れなかった場所なので」

子供の頃から家と病院を行き来するような生活だったので、地元であってもあまり馴染みがあるわけじゃない。商店街にいってもすぐに体調を崩して家に戻ってばかりだったし、学校でもほとんど友達を作れず、ちゃんと日常生活を送れるようになったのは大学に上がる直前ぐらいのことだ。

「大変だったんだな、理緒……」

ぐすっと鼻をすすり、リュカが慰めるようにこちらの肩に手を置く。その胸元がもぞもぞと動き、Tシャツのなかのウールもぴたっと腕に寄り添ってくれた。

なんだかくすぐったいような嬉しさが込み上げてくる。確かに地元で良い思い出を作ることはできなかったけど、今はこんなふうに真っ直ぐ自分を想ってくれる人たちがいる。それが堪らなく嬉しい。

「でも正直驚きました。僕がこの店に来たのは数えるほどだったと思います。そもそもひとりで外に出ること自体が珍しいくらいだったので……だからまさか覚えていてもらえたなんて」

理緒が言うと、おばあさんは口元に手を当てて笑った。

「覚えているに決まってるじゃない。とくに坊やは目立っていたからね」

「目立ってましたか……？」

自分では今も昔も印象は薄い方だと思っている。独りぼっちで来ていたから気にかけてくれていたのだろうか。と思っていると、おばあさんは意外なことを言った。世間話をするように自然な口調で。

「だって坊や、いつも背中に子猫を背負っていたでしょう？ 面白い子だなあと思っていたのよ」

え？ と目を瞬いた。氷室教授がなぜか「ふむ……」と小さくつぶやく。理緒にはおばあさんの言葉の意味がわからない。

「子猫？ 子供の頃の僕がですか？」

「ええ、可愛い子が可愛い子猫を背負ってくるもんだから、よっぽど仲良しなのねえと思って。よおく覚えてるわ」

「店主、その猫はどんな姿をしていただろうか？」

「姿？ 普通の子猫ちゃんだったと思うけれど。たぶん外国の猫ちゃんね。曲がった耳が可愛かったわねえ」

曲がった耳、つまりは折れ耳。リュカが混乱した表情で教授に問う。

「は？ え？ まさかスコティッシュ・フォールド……ってわけじゃないスよね？ だって意味わからんし」

「理緒」

　教授が青い瞳でこちらを見る。

「お前はそのスコティッシュ・フォールドとやらについて詳しかったな。なぜだ？」

「なぜって、や、それは……」

　たまたまだ。ただ、たまたま……。

「スコティッシュ・フォールドを……飼っているので。僕の実家で……」

　目を真ん丸にするリュカ。Tシャツのなかも驚いたようにもぞもぞしている。

　氷室教授は「なるほどな」とつぶやいた。間を置かず、おばあさんに向かって「店主、世話になったな。これからも息災でいてくれ」と言うと、やおらスーツのジャケットを翻して歩きだす。

「次の調査場所が決まった。すぐに移動するぞ。目的地は——理緒の生家だ」

「はいっ!?」

　理緒は目を剝いて愕然とする。しかし教授は意にも介さず、駄菓子屋を後にしてどんどん歩いていってしまう。

　すでに陽は暮れかけていて、気の早い電灯がちらほらと点き始めていた。日中ほどではないにしろ、じんわりとした暑さは今も肌にまとわりついている。

しかし氷室教授は汗一つかいていない。いつも通りのきっちりしたスーツ姿なのに涼しげな顔で歩き続けている。ヴァンパイアは暑さに強いのだろうか。……などと聞いてみる余裕はなかった。理緒は足早に後を追いながらスーツの背中に呼びかける。

「あの、教授、ちょっと待って下さい。いくらなんでも考え過ぎです……っ」

「ならば逆に聞くが、子供の頃、お前は飼っていた猫をあの駄菓子屋へ連れていったことがあるのか？　それも店主が記憶しているほど、しっかりと背負ってだ」

「それは……ないですけど」

教授はよりにもよって本気で理緒の実家へ向かっていた。住所を教えたことはないけれど、コウモリを使って事前に調査済みだという。

確かに実家ではスコティッシュ・フォールドの猫を飼っている。小学校の高学年の頃、淋しそうな理緒を心配して、両親が飼い始めてくれたのだ。確かに『いなき猫』の種類もスコティッシュ・フォールドで、その一致は珍しいと思う。教授の言う通り、実家の猫を駄菓子屋に連れていったこともない。だけど、

「まさかウチのモモが『いなき猫』だと思ってるんですか？　そんなはずありませんっ」

「モモ？　海外種なのに日本猫のような名だな」

「小学生の頃は猫の種類なんて詳しくわからなかったんです！　って、そんなことはどう

でもよくて……っ」

いきなり実家に来られるのは困る。本気で困る。

「僕、両親とあまりその……関係が円滑じゃないというか、いきなり帰っても戸惑わせてしまうというか、だからその……とにかく一度止まって下さい！」

研究室で夏休みの帰省について聞かれて困ったのもこれが理由だった。両親と仲が悪いわけじゃないし、家に帰れば会話はある。だけど理緒と両親の間には微妙な隔たりがあった。

今でこそ元気になったけれど、昔の理緒はちょっと動けば息が切れ、何かにつけて熱を出し、学校でもすぐに具合が悪くなって、親に迎えにきてもらわなければいけないような子供だった。クラスメートと比べても間違いなく手のかかる子供だったと思う。入院の費用だって馬鹿にならなかったはずだ。

甘えてはいけない。迷惑をかけてはいけない。そんな思いが少しずつ降り積もり、理緒は周囲だけでなく、両親に対しても遠慮がちな子供になった。誰にでも敬語を使う癖もそうして身に付いた。

健康になった今でも両親との距離感は変わらない。理緒は父や母にも敬語を使い、どこか遠慮を抱えて接している。この上、連絡も無しにいきなり顔を出したらきっと両親に迷惑をかけてしまう。

「なるほど、お前の事情はわかった」

「わかってくれましたか……っ」

「私がお前と両親の仲を取り持ってやろう。眷属の主人としてしっかり挨拶をしておきたかったところだ。本来は夏季休暇の時に訪問するつもりだったが、お前は帰省しないらしいからな。むしろいい機会だ」

「何もわかってない上に最悪な未来しか見えないーっ！」

絶叫する理緒。その後ろには教授の鞄を持ったリュカがついてきていて、Tシャツの首元からウールも顔を出している。

「いつものことだけど、理緒の苦労性っぷりがハンパねえな……」

「おれ、この時ほどりおに頑張れって思うことないぞ……」

「おー気が合うな、ちっこいの。俺もマジ頑張れっていつも思ってるわ」

「ほんとか？　お前良い奴だな、でっかいの。じゃあ一緒にりおを応援するか」

二人は顔を見合わせて、うん、と頷き合う。そして控えめに、がんばれー、と声援を送ってきた。何やらいつの間にか仲良くなっている。それはいいのだけど、

「できれば応援じゃなくて協力してほしいんですが!?」

こうなったらもう力ずくで止めるしかない。ハーフヴァンパイアの力を使ってタックルをしよう。いくら教授でも後ろから不意をつかれれば倒れる程度はするかもしれない。

理緒がそんな物騒な決意を固めた時だ。ふいに教授が足を止めた。

「ここだな」

その言葉にはっとする。ついに実家にたどり着いてしまっていた。教授の背中にぶつかりそうになって理緒は急停止。目の前の道路は一本道で、その突き当りに築十五年の一軒家があった。理緒の実家の神崎家だ。

道の両側はブロック塀が並んでいて、人通りは少ない。表の道は広いのでそうでもないのだが、今いるのは細い裏道で滅多に誰も通らない。

いつの間にか陽は完全に落ち、夜が訪れていた。短い夏を謳歌（おうか）するように虫たちの鳴き声が響いている。

「ふむ……気配がある」

教授が鋭くつぶやいた。理緒はその言葉に「え？」と虚を衝（つ）かれる。後ろではリュカとウールが鼻をひくひくさせ、揃（そろ）って頷いた。

「あー、確かにこりゃいるッスね」

「動物っぽいあやかしの匂いがするぞ」

「え？　え？」

理緒はひとりで戸惑う。あれほど捜して見つからなかったのに、実家に着いた途端、あやかしの気配がするという。ワケがわからなかった。

「待って下さい。リュカの情報ではウチのそばに目撃情報なんてありませんでした。なのに気配がするなんて、そんな馬鹿なことが……っ」

「自らの根城のそばで痕跡を残すことなどしないだろう。リュカ、私の鞄を」

「はいッス」

教授が鞄を受け取り、再び『宝石光のランタン』が取り出された。

「いやだからランタンは……っ」

「左右はブロック塀に囲まれていて民家に光は漏れづらい。見たところ、人通りもなさそうだ。ここで『宝石光のランタン』を使わない理由があるか？」

「……っ」

返す言葉がなかった。マッチによってランタンに火が入れられ、教授のブロンドが小さな光に照らされた。その横顔は妙に真剣だった。視線に気づいたのか、青い瞳がすっとこちらを見る。

「理緒、私にはずっと不可解だったことがある。お前のその体質のことだ」

「え？　僕の……体質？」

「お前の血は吸血系のあやかしを引き寄せる。以前にそう話したことは覚えているな？」

「はい、もちろん覚えてますけど……」

実際に吸ったことがある教授曰く、理緒の血は非常に美味らしい。さらにはその匂いにつられて他の吸血系あやかしも引き寄せられてくるかもしれない、と以前に言われ、愕然としたことがある。

事実、四月の入学式の夜に理緒は血を求めるあやかしに襲われた。それがきっかけで氷室教授に出逢ったのだが、襲ってきたあやかし——朧鬼の狙いは実際に理緒の血だった。

自覚はまったくないけれど、自分の血はそういう美味しそうなものなのだろう、と理緒も諦め半分に思ってはいる。

「その前提で言えば、だ。なぜお前は——私に出逢うまで無事だった？」

「え……」

考えたこともなかった。教授は淀みなく言葉を続ける。

「あれほど甘美な血ならば、幼少時や成長過程で他のあやかしに狙われてもまったく不思議ではない。無論、朧鬼ほど害意の強いあやかしは滅多に出てきはしない。私が管理している霧峰の土地では尚更な。しかしそれにしてもお前が大学の学生になるまであやかしという存在にまったく接触したことがない、というのは実に不可解な話だ」

言われてみれば、そうなのかもしれない……と思ってしまう。朧鬼とは最終的に心を通わせることができたけど、最初は恐ろしい勢いで襲われた。教授の言う通り、自分の血があんなにも吸血系のあやかしに好まれるものだとしたら、大学生になる前になんらかの邪悪なモノに遭遇していても不思議じゃない。

だけど理緒は無事だった。体こそ弱かったけれど、この歳(とし)までおかしなモノに襲われることはなかった。

「あの、どうして僕は大丈夫だったんでしょうか……？」

「その謎が今からわかるかもしれん」

教授の言葉に応(こた)えるように『宝石光のランタン』が強く輝き始めた。文字通り宝石のように美しい光が溢(あふ)れ、夏の夜を照らしていく。

輝く色はエメラルドのような緑からルビーのような赤に変わり、かと思えばアクアマリンのような青になって、アメジストのような紫に変化した。『宝石光のランタン』は光と色によって『人ならざるモノ』のことを教えてくれる。

気配を探るように炎が揺らめいた。すると、どこからともなく声が聞こえてきた。

「…………いない……いない…………」

ビクッと理緒は周囲を見回す。

「……どこにも……いない…………」

ランタンをかざしたまま、教授が口を開く。

「この声に聞き覚えはあるか？」

「あ、ありません。初めて聞く声です」

声は光のなかで反響している。まるで迷子の子供のような哀(かな)しそうな声だった。目撃者の小学生の子が言っていた通りだ。だけど、ふいに新たな言葉が加わった。

「……どこにもいない……いない…………りお……」

「え？」

まさか、と思う。でも確かに聞こえた。か細い声で――りお、と。

それはウールに名前を呼ばれる時と似た響きだった。動物の口では人間の名前を呼び慣れないらしく、羊のウールは理緒や氷室教授を呼ぶ時、いつも柔らかい音になる。それとよく似た響きだった。

「現れるぞ」

教授の言葉と同時にランタンの光が収束した。闇夜を照らす色は二つ。アクアマリンのような青とイエローダイヤモンドのような黄色。

青は動物系統のあやかしを示す色だと以前、ウールと初めて逢った時に教授が教えてくれていた。ただ、黄色の方がどんなあやかしを示すのかは理緒はまだ知らない。

そして二色の光に象られるように今、一匹の猫が姿を現した。やはり種類はスコティッシュ・フォールドのように見える。体が小さくて愛らしく、両耳がぺたんと折れている。尻尾は一つ。猫又ではない。でも間違いなくあやかしだった。

なぜなら体の輪郭が淡く揺らめいている。また足元には影がなく、代わりに粘性の沼のようなものが広がっていた。

「これが……『いなき猫』？」

「ど、どうだ⁉ 理緒ん家の猫なんか⁉」

リュカからの問いかけに理緒は答える。

「……違います。ウチのモモに似ているけれど……別の猫です」

飼い主だからわかる。姿形はスコティッシュ・フォールドだし、一瞬モモかと思ってしまったけど、しかし感覚的に違うという確信があった。

「この猫は僕とは無関係です。だから教授……え、教授？」

視線を向け、理緒は呆気に取られた。『いなき猫』を見る教授の横顔が強張っていたからだ。

「馬鹿な……。青だけでなくイエローダイヤモンドの黄だと……⁉ それに泥をまとったあの姿は……っ」

その言葉の途中で突然、『宝石光のランタン』の光が揺らめいた。今までは猫のいる場所だけが二色に輝いていて、理緒たちのまわりにはただのランタンの光しかなかった。しかしふいに理緒のまわりも青と黄色に輝き始めた。まるで理緒と『いなき猫』に繋がりがあると示しているように。

その光で道筋を見つけたかのように『いなき猫』が歩き始める。

「……りお……りお……」

最初は恐る恐る。だが次第に速くなり、こっちに向かって駆けてくる。

「りお、いた……っ」

淡い輪郭の体から泥のようなものがこぼれる。その足取りは速く、真っ直ぐに向かってくる。

理緒は混乱した。実家のモモに似ているが、間違いなく違うあやかし。でもずっと誰かを捜していたらしいのは間違いなく、なぜか自分の名前を呼んで嬉しそうに駆けてくる。戸惑いはあったけど、放ってはおけない気持ちになった。理緒は『いなき猫』を受け止めるように屈み込む。しかし、

「理緒」

突然、教授にシャツの後ろ襟を掴まれた。驚く間もなく、後ろへ向かって投げ飛ばされる。

「下がっていろ！」

「へ……!?」

体が宙を舞い、危うく倒れそうになったところをリュカが「なんだなんだ!?」と驚いて受け止めてくれた。ウールが二人の体に挟まれそうになり、慌ててTシャツから出て、リュカの肩に飛び移る。

「び、びっくりしたぞ……っ。平気か、りお!?」

「な、なんとか大丈夫です……すごい驚きましたけど」

「どうしたんスか、氷室教授⁉ その猫、別にヤバい感じはしないッスよ……っ」

肩のウールもウンウンと激しく頷いている。脅威になるあやかしかどうか、二人は匂いで判断できるようだ。理緒も危険なあやかしには何度か遭遇しているので、本当にまずい時の空気感というか、肌感覚のようなものはわかる。

けれど『いなき猫』にはそうした鬼気迫る感じはない。モモに似ているからか、むしろどこか懐かしさのようなものすら感じる。

しかし教授は異常なほど警戒していた。まるで壁になるように立ち、泥をこぼす猫を睨んでいた。

「目撃情報では一般的な猫の姿ということだったが……『宝石光のランタン』に照らされて本来の姿を現したというところか。――リュカ、確かに私やお前にとってこの猫は脅威ではない。ウールであっても大した害にはならんだろう。だが理緒は別だ。理緒にとってこの猫は……天敵になり得る」

「天敵？」

意味がわからず、理緒はただただ戸惑った。『いなき猫』は教授に気圧されるように足を止めた。それでも教授は警戒を緩めない。

「『宝石光のランタン』における青の光は動物系統のあやかしを示す。同様に黄の光が示すのは——術によって使役されたあやかしだ」

「使役……って使い魔的なことっスか？」

「そうだ。この猫は猫又でも化け猫でもない。まさかこの国で見ることがあるとは思わなかったが……体から落ちる毒の泥、何者かに使役されているという事実。これらが示すこの猫の正体は——猫鬼だ」

猫鬼。つまりは猫の鬼。

愛らしい見た目とは裏腹な物々しい名だった。氷室教授は流れるような仕草でブロンドをかき上げ、その瞳が赤く輝きだした。周囲に強い風が吹き始める。教授がヴァンパイアの力を解放したのだ。

「きょ、教授……!?」

「私が相手をする。お前たちは手を出すな」

スーツのネクタイを緩め、教授は凄まじい威圧感で歩きだす。完全な臨戦態勢だった。

猫鬼は動かない。教授が毒と称した泥のようなものを滴らせ、今もなお理緒の方だけを見つめていた。その視界を遮るように教授は手を広げる。

「猫鬼は大陸に生息するあやかしだ。古くは中国の隋書に記述が見られ、セルビアの吸血鬼パウルと同じく公的な記録に残るあやかしと言える」

教授曰く、隋書によると猫鬼が現れたのは西暦六世紀から七世紀にかけての高祖文帝の時代。

ある時、宮中にて皇后が病に倒れ、調べによって猫鬼の仕業であると判明した。猫鬼は自然発生的なあやかしではない。そこには必ず人の手が加えられている。

中国には古くから蠱毒（こどく）という呪術（じゅじゅつ）がある。一般には虫などを競わせて強い毒を作る方法と思われがちだが、蠱毒の真髄は『動物を使った毒の呪い』にある。悪意ある術者が様々な動物に毒の力を与え、狙った相手に呪いを掛けるのだ。

猫鬼も蠱毒の一種であり、術者が猫の霊を使役して対象者に毒を仕込む。高祖文帝の時代、宮中には阿尼（あに）という名の猫鬼使いが下女として入り込んでおり、皇后には彼女の猫鬼が取り憑（つ）いていた。

「猫鬼は対象者を弱らせ、最悪、死に至らしめる。理緒、お前は幼少期からこの猫鬼に取り憑かれていたのだ」

「僕が取り憑かれてた？　その猫鬼に……？」

「そうだ。お前はずっと極端に体が弱かったのだろう？　医者が原因を特定できず、根本的な治療ができないような状態でな」

「あ……」

理緒は吐息をこぼし、教授の声にはかすかな怒気が交じる。

「駄菓子屋で店主の話を聞いた時からまさかとは思っていた。理緒、『宝石光のランタン』

が霊的な繋がりを示している。お前は幸運な偶然で邪悪なあやかしに出会わなかったのではない。すでに悪しきモノに遭遇し、幼少期から取り憑かれていたのだ。よもやこれほど厄介なモノが出てくるとは私も思わなかったが……間違いない。理緒の体を弱らせ、貴重な十数年を台無しにしたのは、この猫鬼だ」

　今までに見たことがないくらい教授は怒っていた。スーツのジャケットがなびき、白い手のひらが掲げられる。

「塵も残さん。猫鬼よ、苦しみ抜いて朽ちていけ」

　教授の手から不可視の力が放たれた。轟音と共に衝撃波が放たれ、アスファルトの地面に亀裂が走っていく。

　猫鬼は動かなかった。いや動けなかったのだろう。向かってくる衝撃波に対して、怯えるように瞳をめいっぱい広げ、そして——つぶやいた。

「……りお」

「——っ！」

　気づいた時には走りだしていた。ハーフヴァンパイアの力を解放。瞳が真紅に輝き、理緒はアスファルトの上を駆け抜ける。

「りお、危ないぞ!?」

「ちょ!?　理緒、おい、やべえって！」

ウールとリュカが目を剝いて叫ぶ。でも止まれない。自分でもどうしてこんなことをしているのかわからない。だけどとにかく放っておけなかった。

大きく足を踏み込んで教授の不可視の力を追い抜き、猫鬼を抱き上げる。その時には衝撃波が目前に迫っていた。避け切れない。猫鬼を庇うように抱え込み、理緒は強く目を瞑る。

だが直後に不可視の力が弾け飛んだ。花火のように盛大な音が鳴り、眼前で爆風が吹き荒れる。覚悟したほどの衝撃はなく、余韻のようなそよ風が前髪を揺らす。理緒と猫鬼には傷一つつかなかった。

「……何を考えている、理緒」

見れば、教授が演奏後の指揮者のように手を握り込んでいた。ぶつかる直前でヴァンパイアの力を霧散させてくれたのだろう。理緒はその場に思わず座り込む。

「し、死ぬかと思いました……」

「当然だ。猫鬼を爆散させるつもりで力を放ったのだ。直撃すればお前も死んでいた」

「いや爆散させるとか怖すぎますよ……」

肩を落とすと、腕のなかの猫鬼と目が合った。小さな瞳に理緒の困り顔が映り込む。

「ただ、話を聞きたいと思ったんです。この子が僕に取り憑いていたんだとしたら、それがどうしてなのかを……うっ⁉」

言葉の途中で突然、吐き気に襲われた。体から力が抜け、呼吸が苦しくなってくる。

こ、これって……っ。

一番体が弱かった、子供の頃の体調を思い出した。よく見ると猫鬼から染み出した泥が理緒の体にまとわりついていた。教授が血相を変えて駆け寄ってくる。

「愚か者、だから言っただろう……っ。お前の体を弱らせていたのはこの猫鬼だ。安易に触れれば、再び毒に冒されることになる！」

教授が猫鬼に手を伸ばす。そのまま握り潰さんばかりの雰囲気だった。でも猫鬼に触れる寸前でぴたりと教授の手が止まる。そして怪訝そうな表情でこっちを見た。

「気のせいか……？」

「え、何がですか？　――って、ちょ⁉」

猫鬼に向いていた手をこちらに伸ばしたかと思うと、教授は理緒を引き寄せて首筋に顔を近づけた。

「ま、まさか嚙む気ですか⁉　やめて下さい、僕の血なんて美味しくないですよ⁉」

「いや理緒の血って氷室教授的には美味いんじゃなかったか？」

リュカが冷静に突っ込みを入れてくる。しかしそれには構わず、教授は理緒を解放すると、驚いたような顔で言った。

「信じられん。理緒の戯言が正鵠を射ている」

「へ？」

「あれほど芳醇だった理緒の血から香しさが消えている」

意味がわからなかった。目を瞬いていると、リュカの肩からウールが言う。

「つまり……りおの血が美味しそうじゃなくなってるってことか？」

「その通りだ」

表情を引き締め、教授は猫鬼の首を摘まんで持ち上げる。

「あっ、教授、猫鬼を触ったら僕みたいに体調が……っ」

「問題ない。猫鬼の毒が作用するのは術者が狙った相手だけだ。猫鬼が天敵となるのはお前だけだと言ったろう」

その言葉通り、教授の指先は猫鬼の体から溢れた毒に触れているが、体調が崩れるような様子はなかった。教授は猫鬼を顔の高さまで摘まみ上げ、じっと睨む。敵意は多少和らいでいるけれど、青い瞳はまだ警戒感を捨てていない。

「猫鬼よ。私の問いに答えろ。お前が捜していたのはここにいる神崎理緒だな？　なぜ長年に亘って理緒に取り憑いていた？　なぜ今になって再び理緒を求める？　そして毒を受けた理緒の血が変化しているのはどういうわけだ？」

「……り……お……」

「そうだ、理緒だ」

「……いた……りお……いた……」

問いかけに対し、猫鬼は答えようとしているようだった。しかし上手く会話になっていない。氷室教授は顔をしかめる。

「あやかしとしての力が弱っているのか。面倒な……」

教授が言うには、あやかしは力をつけていくと言葉をしゃべるようになることが多いらしい。逆に弱るとしゃべれなくなってしまうことがあり、猫鬼はそういう状態らしい。だから目撃情報に『いない』などの断片的な言葉しかなかったのだろう。

「猫鬼よ、一般的な猫のように鳴くことはできるのか？」

「……みゃあ」

か細い鳴き声で猫鬼は答えた。教授はため息をこぼす。

「確かユフィリアが『聴耳』の術を持っていたな。非常に遺憾だが理緒に関わりがある以上、背に腹は代えられんか……」

普段、コウモリを使役している氷室教授だけど、さすがに猫の言葉まではわからないらしい。

ユフィリアというのは氷室教授の兄弟のことだ。以前に『聴耳』という動物の言葉がわかるようになる術を使い、騒動を起こしたことがあった。確かに『聴耳』の術があれば、猫鬼とも意思疎通ができると思う。

だけど、ふいにウールがリュカの肩から言った。

「そいつの言ってることだったら、おれわかるぞ？」

「む？　本当か、ウール」

「おう。森のなかじゃ色んな奴と話すしな」

ウールがリュカから理緒の肩へと飛び移ってきた。小っちゃな前脚で励ますように理緒の頬をなでなでし、ウールは視線を向ける。

そこには教授がちょうどいい高さに持ってきた猫鬼がいる。

「みゃあみゃあ……」

「ふんふん。それでお前が捜してたのはりおでいいんだよな？」

「みゃあ。みゃあみゃあ……」

「うん、まあそうだよな。で、なんで取り憑いてたんだ？」

「……みゃあ。みゃう……」

「え、でもそのせいでりおは苦しんでたんだろ？」

「みゃあみゃあ」

「あっ、うーん、そっか……。そうだよな、ひむろみたいな奴がきても困るもんな。それでそれで？」

「みゃー、みゃあみゃあ」

……なんだかすごく可愛い。愛らしい猫と可愛らしい羊が顔を突き合わせて、一生懸命にお話をしている。体調が悪くて息が苦しいのに、ほんわかと和んでしまいそうだ。

リュカも同じことを思ったのか、こっそり耳打ちしてきた。

「理緒、なんかこの光景エモくね？　動画撮っとく？」

「お願いします。あとで僕にも送って下さい」

らじゃー、とリュカがスマホで撮影を始めて数分後、猫と羊の対談は終わった。ウールは理緒の肩からみんなに向かって言う。

「だいたいわかったぞ。こいつ、りおの血がやばいものだって知ってて、ずっと——りおのこと守ってたんだって」

それは驚くべき話だった。

猫鬼が動き始めたのは今から十八年前、つまり理緒が生まれた頃だという。理緒の血は人間としては稀に見るほど芳醇で、吸血系のあやかしに好まれる。だから猫鬼は理緒が母親のお腹にいる頃からそばにきて、生まれると同時に取り憑いたらしい。

もちろん猫鬼は蠱毒の一種であり、取り憑いた相手を毒によって弱らせてしまう。おかげで理緒は原因不明の病弱な体質になり、長い間苦しむことになった。しかしウールが言うには猫鬼にはその方法しかなかった。

蠱毒の猫鬼には真っ当に誰かを守る手段などない。だから毒で弱らせることで、理緒の血の気配を微弱なものにしたのだ。健康体だと理緒の血は気配が強くなり、吸血系のあやかしに見つかりやすくなってしまう。猫鬼は毒によってそれを防いだらしい。

「じゃあ……」

理緒は茫然と目の前の猫を見つめる。

「この子が取り憑いてくれていたおかげで、僕は……ずっと無事でいられたってことですか？」

問いかけに対し、氷室教授は行動で答えを示した。今まで摘まみ上げていた猫鬼をそっと地面に降ろす。

「どうやら……そのようだな。まさか蠱毒の猫鬼が人助けをするとは」

教授は難しい顔で腕組みをし、持論を口にする。

猫鬼の毒を受けて、理緒の血は確かに魅力が人並み程度になっているそうだ。これなら吸血系のあやかしに襲われる心配はないという。猫鬼の話を信じるならば、理緒が長年無事でいられたことにも筋が通る。

つまり取り憑いて体を弱らせることで、猫鬼は理緒のことを守っていたのだ。

「だが理由はなんだ？　なぜ縁もゆかりもない理緒のことを十八年にも亘ってお前は守護していた？」

「みゃあ……」

「約束だから、って言ってるぞ」

「……約束？　誰との約束ですか？」

「みゃう……」

「わからない、って」

誰かとの約束で理緒のことを守っていた。でもそれが誰との約束かはわからない。

不思議な話だった。理緒は戸惑いながら目の前の猫鬼を見つめる。

一方、教授は「ふむ……」とつぶやき、理緒の実家の方へと視線を向けていた。

「理緒の名は神崎理緒。神崎家……『神』の字を冠する家か」

その声には気づかず、ウールが口を開く。語るのは猫鬼から聞いた話の続き。

「でな、今になって理緒のことを捜してたのは、伝えたいことがあるかららしいぞ」

「伝えたいこと？　僕に……？」

「ああ。でも住んでたはずの家に理緒がいなくて、すごく困って、毎日捜してたって」

「……あ、そうか。僕は学生アパートに引っ越してしまったから」

だから猫鬼は捜していたのだ。『いない……どこにもいない……』とつぶやきながら毎日毎日、峰野町のなかを。

想像して胸が痛くなった。スコティッシュ・フォールドに似たその身はとても小さい。こんな子がか細い声でずっと自分を捜していたのだと思うと、居ても立ってもいられなくなった。

「なんですか？　なんでも聞きます。僕に何を伝えたいんですか？」

屈んだ姿勢からさらに前のめりになって尋ねた。だがその直後、四本脚で立っていた猫鬼がふらりとよろめいた。あっ、と思って理緒はとっさに手を伸ばす。しかし寸前でリュカがその手首を掴み、代わりに横から猫鬼を支えてくれた。

「理緒はこいつに触るとヤベえんだろ？　だったら俺に任せとけ」

「リュカ……ありがとうございます」

猫鬼はリュカの手のひらに横から支えられ、ぐったりして浅い呼吸を繰り返していた。

「限界がきた、というところか」

長身の教授が猫鬼を見下ろす。

「理緒が生まれてから十八年。これほど長期に亘って取り憑いていた猫鬼の記録は私も見たことがない。おそらくこの猫鬼はすでに一度力尽きているのだろう」

「一度力尽きているって……ど、どういうことですか？」

「お前は高等学校の卒業後に体調が回復していったのだろう？　つまりその頃には猫鬼はあやかしとして力尽き、お前を弱らせて守ることができなくなっていたのだ」

「あ……」

「だが猫鬼はこうして再び現れた。残り少ないはずの力をかき集めてな。しかし……それもう長くは保たんようだ」

みぃ……とか細い声が響いた。理緒は我慢できずに口を開く。

「助けてあげられないんですか。教授ならどうにかしてあげられるんじゃ……っ」

「………」

なぜかすぐには返事がこなかった。氷室教授は今も地面から立ち上がれずにいる理緒を静かに見下ろす。

「なぜだ？」

「え？」

「なぜ助けたいと願う？　確かに猫鬼は長きに亘ってお前のことを守護してきた。それは間違いない。だが同時に多くのものがお前の手からこぼれ落ちていったはずだ。当たり前に享受できたはずの日常をお前は過ごすことができなかった。その喪失は神崎理緒という人間にとって決して小さくはないもののはずだ。……理緒、お前はもっと憤っていい。対価のある救いなど頼んだ覚えはない、と怒りに任せて叫んでいい。……私はそう考えている」

「教授……」

それは一見、無意味な問いかけだった。

だって目の前で子猫が弱っていたら助けたいと思うのは当たり前のことで、ましてや猫鬼がずっと理緒のことを守ってくれていたのだとしたら、助けない理由なんてない。

しかし理緒は気づいた。教授がなぜこんなことを聞くのか、すぐにわかった。

理緒と猫鬼の関係は、そのまま理緒と氷室教授の関係と一致する。猫鬼は体を弱らせることと引き換えに理緒の血を薄めてくれて、教授もまたハーフヴァンパイアになることと引き換えに命を繋いでくれた。

だから教授は問うている。知らない間に望みもしない助けられ方をして、本当に良かったのかと。そこに恨みにも似た怒りはないのかと。

「……そんなこと考えてたんですか」

正直、今日一番の驚きだった。色々驚きのあった一日だったけど、それでも極めつきだった。だってあの氷室教授だ。いつも人間を見下していて、いつも理緒を眷属扱いする、あの唯我独尊の氷室教授がこんなことを気にするだなんて。

様子が変だとは思っていた。態度がおかしいとも感じていた。その謎が少しだけ解けた気がした。この人は……変わり始めているのだろう。きっかけには心当たりがある。

「……今、清一さんのことを思い出しました」

その名を出した途端、教授が一瞬、ほんの一瞬だけ強張った。

氷室清一さん。梅雨の時季に出逢った、とても優しく笑うおじいさん。年齢はたぶん八十歳を超えていて、理緒が初めて出逢ったのは霧峰北病院の階段だった。霧峰の土地の昔いた。

の話で盛り上がり、病室を訪ねて何度も会う度、理緒はいつの間にか清一さんに懐いてい

た。

そして清一さんは氷室教授とも知り合いだった。いや知り合いなんて浅い仲じゃない。

教授が名乗っている『氷室』という苗字(みょうじ)はそもそも清一さんのものだったのだから。

今から四十年前、氷室教授は『真祖』の足跡を求めてこの霧峰の土地にやってきた。そ

こであやかしを追いかけていた清一さんに偶然出逢い、二人は一緒に暮らすようになった。

当時の二人は今の教授と理緒のように調査を行い、あやかしの事件や騒動の解決をしてい

たそうだ。

期間としてはほんの短い間だった、と教授は言っていた。だけど理緒は何より意味のあ

る時間だったのだろうと思っている。

清一さんは氷室教授のことを実の子のように思っていたし、教授もまた清一さんを自分

の親のように感じていた。二人の絆(きずな)は今教授が名乗っている『氷室』という苗字に表れて

いる。

でももう会えない。清一さんは人間としての人生を生き抜き、天寿を全うした。教授に

とっても、理緒にとっても、その別れは胸が引き裂かれるほど大きなものだった。

きっとあの時から教授の変化は始まったのだろう。清一さんの葬儀が終わり、火葬場の

煙を二人で見送った、あの時から。

たぶん今、教授は人間の人生の時間について考えている。清一さんの幕引きを見て、改めて人間の時間の短さを知り、そして——理緒の人生についても真剣に考えるようになったのだろう。

だから尋ねてきた。たとえそれが助けるためであっても、猫鬼によって変わってしまった十八年間、自分によって変わってしまうこれからの時間、そこについて怒りはないのかと。

じっと見つめると、青い瞳の奥にかすかな不安があるのが見えた。だから理緒はしっかりした声音で言う。

「正直、怒ってますよ？　とくに教授に対しては。眷属はやめて下さい、っていつも言ってるじゃないですか」

「……っ。そう、か……」

あ、教授が動揺してる。珍しい顔が見られた。得した気分になって、理緒は唇に弧を描く。

「でもそれ以上に感謝しています。当然です。猫鬼も氷室教授も僕を助けてくれたんですから」

宝石のようなランタンの光が辺りを優しく照らしていた。青い光は海のように、黄色い光は日向のように、理緒と教授を包んでいる。

「もし自分が普通の子供時代や学生時代を過ごせてたら……って思いはもちろんあります。だけど清一さんのことを思い出す度に思うんです」

もともと清一さんは霧峰大学に勤める民俗学者だった。民俗学の父・柳田國男に憧れて努力していた。けれど論文が学会に認められず、夢は志半ばで断たれてしまった。それでも清一さんは自分の人生に向き合い、理緒と出逢った頃には多くの人と絆を結び、幸せな日々を築き上げていた。

理緒は思う。自分の過去についてどう思うか、ともし清一さんに尋ねたら、なんて答えてくれるだろうかと。

「きっと清一さんはこう言うと思うんです。——あのしんどい日々があったから今の幸せな私がいるんだよ、って」

海と日向の光のなかで理緒は微笑む。

「だから僕もこう考えようと思います。大変だった十八年間があったから、今の僕がいるんだって。それがどんな僕かはまだなんとも言えないですけど」

それに、と言葉を続ける。

「ハーフヴァンパイアになったから、ウールやリュカにも出逢えました。こんなに頼もしい親友たちができました。だから——感謝してます」

ウールとリュカが目をうるっとさせて抱きついてきた。一方、教授は「そうか……」と吐息をこぼす。

「清一の生き様はお前のなかに受け継がれているのだな……」

わかった、と小さなつぶやき。そして教授は腰を下ろし、膝を立てた姿勢で目を合わせてきた。強い決意を込めた声で言う。

「私は改めてここに誓おう」

「教授……」

「お前を必ずや最高のヴァンパイアに育ててあげると！」

「なんでそうなるんですかーっ!?」

思わず近所迷惑になりそうなほど叫んでしまった。だが教授にはぜんぜん伝わらない。

「？　お前はハーフヴァンパイアになれたことに感謝しているのだろう？」

「そうだけど、そういう話じゃありません！　僕は人間に戻りたいんです！　いつも言ってますよね!?　まさか右から左に聞き流したりしてませんよね!?」

「まあ、それはともかくとしてだ」

「すごい流してるーっ！」

愕然とする理緒をよそに教授は立ち上がる。唇には薄い笑みが浮かんでいた。

「猫鬼のことならば案ずることはない。蠱毒の一種である猫鬼は使い魔のようなものだ。たとえ力尽きようとも術者が健在ならば何度でも蘇ることができる」

「この私に二言はない」

ほっとした。理緒はリュカの手に支えられた猫鬼に視線を向ける。できるだけ優しく、実家のモモに接する時のように話しかける。

「お待たせしました。たくさん捜させてしまってごめんなさい。ちゃんと聞きます。だから教えて下さい。君が僕に何を伝えたいのかを」

みぃ、と鳴き声が響いた。ウールが通訳をしようとするが、猫鬼は続けて口を開いた。ちゃんと自分の言葉で伝えようとするように。

「……り……お……来る……りお……来る……」

「来る？」

何かがやって来るということだろうか。

猫鬼は顔を上げ、今度は周囲のみんなを見つめる。

「……守っ……て……りお……まも……って……」

そう言うと、また猫の鳴き声に戻ってしまい、みゃあみゃあと必死に訴える。すかさずウールが通訳した。

「自分はもう守ってやれないから、りおを守ってくれって、おれたちにそう言ってる」

守る？　僕を？　それに来るっていうのは……。

反射的に見上げたが、氷室教授にもなんのことかはわからないらしい。しかしそこでリュカが太鼓判を押すように告げた。

「よくわかんねえけど任せとけ！　理緒には俺たちがいるから大丈夫だ！」

「そうだそうだっ。りおのとこに何がきてもおれたちがやっつけるから心配ないぞっ」

猫鬼を安心させるように二人は口々に言い募る。それがとても嬉しかった。今日までの日々はやっぱり間違いじゃない、と胸を張って思えた。

だから手を伸ばす。猫鬼の折れ耳の付け根を指先で優しく撫でる。

「ちょ、理緒っ⁉」

「触って平気なのかっ」

「大丈夫です」

泥が指先にまとわりつき、体がさらに重たくなった。息が苦しくなり、呼吸も乱れてくる。でも構わない。ずっと守ってくれていたこの子にちゃんと報いたい。

「ありがとう。君がいてくれたから僕は無事でいられたんですね。それに学校にいけなくて淋しい時も、誰も誘えずにひとりで駄菓子屋にいった時も、白いベッドがあるだけの病室で泣いていた時も、ずっとそばにいてくれたんですね……」

独りぼっちの子供時代だと思っていた。孤独な学生時代だと思っていた。だけどそうではなかったらしい。この子がいた。見えないところでずっと寄り添ってくれていたんだ。

「みゃあ……」

理緒に撫でられ、猫鬼は嬉しそうに目を細めた。小さな体を理緒は抱き上げる。さらに泥がまわり、ふらつきそうになるけど、すぐにリュカが支えてくれた。そうしてくれるとわかっていたから、安心して猫鬼を抱き上げられた。

「僕は……」

抱き締めながら囁く。

弱い体がずっと疎ましかった。だけどその苦しさが守ってくれていた。すべて必要なことだったのだと思う。そう思える自分になれる気がした。

「僕は大丈夫です。何が起きても、何がやってきても、きっと乗り越えられます」

頬をすり寄せる。

「ありがとう。君のおかげです」

「みゃあ……」

安心したように鳴き、猫鬼の体から力が抜けた。ウールに通訳してもらう必要はなかった。良かった……という想いが伝わってきたから。

そして淡い輪郭が解けるように猫鬼の体が消えていく。同時に泥も見る間に消失していき、理緒はふっと体調が回復したのを感じた。みゃあと鳴くと、最後に猫鬼は顔を近づけてきて、

「わっ」

ぺろりと理緒の頬を舐めた。結構、いたずらっ子な猫だったのかもしれない。『宝石光のランタン』から青と黄色の光が消え、そして——猫鬼はいなくなった。

空の上に昇っていったのか、と思い、理緒はなんとなく夜空を見上げる。

「また逢えるでしょうか……」

「縁が巡れば、そうしたこともあるだろう」

氷室教授が静かに頷き、それとほぼ同時に、

「にゃあ！」

「へっ⁉　え……あ、モモ⁉」

突然、鳴き声がして下を向くと、スコティッシュ・フォールドの猫がいた。実家のモモだ。猫鬼が消えたと思ったら、腕のなかにモモがいた。ふむ、と教授が口を開く。

「どうやら猫鬼はお前の飼い猫に体を借りていたようだな。そうすることで足りない力を補ってお前を捜していたのだろう。駄菓子屋の店主がかつてお前の背中に子猫がいたと言っていたが、あれも体を借りて実際に張り付いていたのかもしれんな」

……ひょっとしたら、そうなのかもしれない。

あの頃、独りで駄菓子屋にいくのがすごく恥ずかしかった。その気持ちを察して、せめて体を借りて一緒にいこうと……あの猫鬼なら考えてくれそうな気がした。

「ずっと僕に取り憑いてたなら猫鬼はモモのことも知ってたはずですものね。教授の言う通りな気がします……」

小さく頷き、理緒は改めて腕のなかの飼い猫に言う。

「モモ、久しぶりですね。元気でしたか？」

「にゃあ？　にゃにゃにゃにゃ、にゃあ」

猫鬼と話した後だからか、モモもこっちに何かを伝えているような気がして、ウールに視線で尋ねてみた。すると非常に気まずそうに目を逸らされた。

「あー……こいつはこう言ってるぞ。『なによ、今さら帰ってきたの、家出息子。まあどうでもいいわ。ご飯時だから帰る。ついてきてもあたしの魚はあげないわよ』って」

「えっ」

猫鬼と違って、すごい塩対応だった。そもそも家出していたわけじゃないし、久しぶりなんだからもっと喜んでくれてもいいのに。

でも考えてみると、実家にいた時からモモはこんな感じだった気がする。こっちが可愛がろうとしても、すぐにどこかへいってしまう。そういえば、あまり懐いてくれていた記憶もない。だけどこうして言葉にされると地味にショックだった。

「心が痛いです……」

「げ、元気出せ、理緒！」

「そうだそうだ、傷は浅いぞりお！」

モモは理緒を置いてさっさと家へ向かって歩きだす。その迷いのない足取りに肩を落とし、リュカとウールから慰められる理緒だった。


そうして帰り道。

リュカとは大学のそばで別れ、今は氷室教授の高級マンションに向かって歩いている。

結局、実家そのものには顔を出さずに済んだ。氷室教授はいきたそうにしていたけど、一段落の空気が流れていたので、そこに乗っかることでどうにか防ぐことができた。

心地いい夜風を感じながら理緒は住宅街を進む。ウールはポケットのなかでスヤスヤと眠っていた。起こしてしまわないように歩幅を小さくして歩き、理緒は教授の背中へ話しかける。

「これで『いなき猫』の事件は解決ですね」

「ああ。猫鬼は捜し人であるお前に逢うことができた。もう出てくることはない。峰野町に流れていた『いなき猫』の噂(うわさ)もじきに消えるだろう。この程度ならば目撃者たちの記憶を消す必要もなさそうだ」

と言いながらも、教授はずっと何かを考え込んでいる様子だった。理緒も気になっていることがあるので、思い切って尋ねてみる。

「猫鬼が言っていた、『来る』っていうのはどういう意味なんでしょうか」

「現時点ではなんとも言えんな。だが長年お前を守護していた猫鬼の言葉だ。私たちに告げた『守ってほしい』という嘆願も無下にはできんだろう」

つまりリュカやウールと同じように、教授も理緒を守ってくれるという意味だ。こんなに頼もしいことはない。

「しかし気になることはまだある。蠱毒である猫鬼には必ず、主人たる術者がいる」

「あ、そうですよね。どこかに猫鬼の飼い主がいるってことですもんね」

「その飼い主は十八年前、猫鬼にお前を守護するように命じている。でなければ使い魔たる猫鬼が動く理由がない」

「あ……」

確かにそういうことになるのだろう。教授はさらに言う。

「猫鬼はお前を守る理由について『約束』と口にしていた。あれは術者から命じられたことという意味にも取れる。ならば一体、誰がお前を守ろうとしていたのか。心当たりはあるか？」

「いえ、ぜんぜん……見当もつきません」

そもそもあやかしのことを知っている人なんて、身の回りには氷室教授の関係者だけだ。

それが十八年前、自分が生まれる前後のこととなったらもう想像もつかない。一体どういうことなのだろう、と混乱してくる。すると教授は独り言のようにつぶやいた。

「やはり鍵となるのはお前の血か……」

肩越しに振り返り、青い瞳がこちらを見つめた。教授には何か予想がついてるのだろうか。この帰り道の間中、考え事をしている素振りなので、きっと何かあるのだろう。

「教授、僕の血が鍵っていうのは――」

「その話はいい。必要なことであれば、追い追いわかってくるだろう。それよりも私にはずっと考えていることがある」

切って捨てるように話題を変えられた。足を止め、教授がこちらに向き直る。

「やはり猫を飼う」

「は？」

思わず間の抜けた声になってしまった。しかし教授は意気揚々と続ける。

「今回のことでよくわかった。お前は猫が好きなのだろう？　ならば私のマンションで飼おうではないか。十四でも百四でもつれてくるがいい。我が城を猫の楽園とすることを許してやろう！」

「あー……」

相変わらず様子がおかしい氷室教授だった。おかしくなったきっかけは清一さんのこと

だとわかるけど、おかしくなる方向性がやっぱりよくわからない。それに、

「……いえ、結構です。本気で」

「なぜだ？　猫鬼といい、生家の飼い猫といい、お前は猫が好きなのだろう？」

遠慮するな、という顔だった。教授としては何か名案を言っているつもりなのだろう。

だけど遠慮したい。理由は明白だった。

「僕、生きてる猫には好かれないみたいなので……」

「……なるほど」

あの教授を一撃で論破できてしまった。でも嬉しくない。そう、長年飼っていたモモの塩対応は今も理緒の心に深く突き刺さっている。

夏の夜の帰り道、理緒は心でひっそりと泣くのだった。

第二章　赤い夜の訪れ

夢をみていた。

理緒はおぼろげな頭で考える。これはなんの夢だろう。夢のなかの自分には体がなく、また視界だけで浮遊していた。以前も似たような状態の夢をみた気がする。

ヨーロッパのようなレンガ造りの街並みが広がっていた。どこかの丘の上にそびえていて、まわりは深い森に覆われている。そんな街からは一本の長い道が延びていた。その道もレンガで舗装されていて、赤茶けた石の間にはところどころ雑草や野花が見え隠れしている。

視界のなかにふわりと髪が揺れた。星屑をちりばめたようなプラチナブロンド。そんな髪を風に遊ばせ、鮮烈な赤いドレスを着た女性が現れる。

あれ？　この人は……。

どこかで見たことがあるような気がする。

女性は古い旅行鞄のようなものを持っていた。だけど旅をするにはあまりに軽装な気がする。まるで舞踏会にいくようなドレスと使い古された旅行鞄。両者はどう見てもアンバランスだ。でもそんなバランスの悪さも呑み込んで、すべてを超然とした美しさにしてしまうような、不思議な雰囲気の人だった。

風に舞う髪を押さえ、女性が振り返る。その視線の先を追い、え、と理緒は驚いた。

街並みを背にしてレンガの道を歩いてくるのは、中世の吟遊詩人のような姿をした男性。その人物を理緒は知っている。ユフィリア＝L＝ウォールデン。氷室教授と兄弟関係のヴァンパイアだ。

「ユフィ。早くきなさい。それともまだあの街に未練があると？」

女性が呆れたように促す。ユフィリア――ユフィさんもまた旅行鞄を持っていた。他にも革袋をいくつか持っていて、女性よりも荷物は多い。羽根の付いた帽子のつばを上げ、返事をする。

「まさか。あの街ではかれこれ二十年近くを過ごしたからね。人間と違って見た目の変わらない僕たちはそろそろ出ていく頃合いだとちゃんと心得ているよ。未練があるのは僕じゃなく……レオの方さ」

ユフィさんがさらに後方に視線を向ける。理緒はまた驚き、言葉を失くした。レンガの道の半ばに立っていたのは他でもない、氷室教授だった。

いつものスーツ姿ではなく、昔の貴族のようなゴシック調の格好をしている。両手にはユフィさんと同じように多くの荷物を抱えていて、レンガの街並みをどこか名残惜しそうに眺めていた。

「イザベラ」

教授が名を呼んだ。どうやら女性の名前らしい。ブロンドをなびかせ、教授はどこか淋しげに目を細める。

「あの街の民たちは……私たちがいなくなっても健やかに過ごしていけるだろうか」

女性は腰に手を当て、竹を切ったようにきっぱりと言い放つ。

「当然でしょう。この二十年で教会の者たちも十分に育った。もう私たちが『人ならざるモノ』を制し、人間たちを密かに守ってやる必要はありません。むしろ不老不死の私たちがこれ以上街に留まれば、人間たちに混乱をきたします。もはや潮時です」

「そうだな……ああそうだ、わかっている。お前の言う通りだ」

小さく頷き、氷室教授は歩きだす。寄り添うようにユフィさんが歩調を合わせる。

女性――イザベラさんは身を翻し、二人に先立って歩きだした。同時にため息をこぼす。

一番前を歩いている彼女の表情は二人には見えない。

なぜかイザベラさんの考えていることが伝わってきた。

……ああ、なんて手の掛かる子なのでしょう。我々は人間たちを愛でこそすれ、わざわざ心を砕く必要はない。だというのにあの傷心ぶりはどうでしょうか。ユフィはともかく、レオは人間たちに対して……。

「……情が深すぎる」

ぽつりとイザベラさんはつぶやく。プラチナブロンドの前髪の下、透き通るような瞳はゾッとするほど美しい。

理緒はただただ戸惑っていた。この夢はなんなのだろう。それにこのイザベラという人は一体……。まるで氷室教授やユフィさんよりも立場が上のように見える。だけど、そんな人がなかなかいるとも思えない。

変な夢だった。まるで誰かの記憶を見せられているかのような、妙なリアリティがある。そんなことを考えていると、次第に視界が白い靄に覆われ始めた。ヨーロッパのような街並みやそこから出ていく三人の姿も見えなくなっていく。

最後の一瞬、イザベラさんの赤い瞳と目が合った気がした。ただの夢なのに背筋が凍るような感覚があった。一抹の不安を覚えながら理緒は目を覚ましていく——。


猫鬼の一件から数日後。

大学の前期講義はすべて終了し、週明けからは前期試験が始まる。今日は土曜日だったが理緒はいつもの習慣で、朝から氷室教授のマンションにきていた。

広々としたキッチンでパイナップルやキウイを切っている。手はしっかりと動かしているものの、どこか心ここにあらずだった。シンクの縁にはウールがちょこんと座っていて、「んー？」という顔をしている。ちなみに今のウールはサッカーボールぐらいのサイズである。綿毛羊（わたげひつじ）は体の大きさを自由に変えられるのだ。

「りお、なんかぼーっとしてるな？」

「え、あ、そうですか？」

「だいぶしてるぞ。また変な夢でもみたのか？」

「……ええ、実は」

冷蔵庫からヨーグルトを取り出しながら頷く。

最近、理緒はたまに変な夢をみる。目が覚めると内容は忘れてしまうのだが、夢のなかで感じた気持ちの残滓（ざんし）のようなものがずっと胸に残っている。おかげで起きてからもしばらくは落ち着かない気分だった。

前回は何か恐ろしい夢だった気がする。でも今朝みたのはそれとはまた違っていて、どう捉（とら）えていいかわからないような居心地の悪さがずっと胸に残っていた。

「怖い夢か？　だったら、おれのことぎゅーってしていいぞ。そしたら怖いのなんて吹っ飛ぶからなっ」

ぽーんっとジャンプし、ウールが胸に飛び込んできた。ちょうどヨーグルトを置いたばかりだった理緒は「わわっ」と慌てて抱き留める。

ウールが胸にしがみつく。もこもこの毛が気持ちいい。精いっぱいにくっついてくれる前脚も可愛くて、ほっこりした。夢見の悪さなんてどこかに吹っ飛んでしまった。

「ありがとう、ウール。元気が出てきました」

「よしよしっ。りおが元気ない時はおれのぎゅ〜っが一番だなっ」

「ええ、一番の特効薬です」

笑って頷いた。元気が出てきたところで調理を再開。手頃な大きさに切ったフルーツをヨーグルトに和えていく。

「今日はなにを作るんだ？」

手元を覗き込んでくるウールに応える。

「これから暑くなってくるので、今日は爽やかにカットフルーツをメインにしようかと」

「おー、夏って感じなんだな」

「はい、夏って感じです」

大学生になり、教授のマンションに通うようになってからというもの、なんだか料理が趣味みたいになってきた。もともと実家で家事の手伝いはしていたけど、季節ごとにメニューまで考えるようにまでなるなんて、あの頃は思っていなかった。

暑さが本格的になってきたらやっぱり素麺が美味しいだろうから、色々アレンジをしてみたいと思う。秋がきたら炊き込みご飯を作ったり、秋刀魚を美味しく焼くことにも挑戦したい。冬はやっぱりお鍋の季節だと思うのでダシを取るところから頑張ってみようか。そう考えると、色々楽しみになってくる。

……とはいえ、まずは目の前の前期試験ですが。

日々、予習復習は欠かしていないので単位は間違いなく取れると思う。だけどやっぱり万全は期しておきたい。氷室教授に頼んだら試験勉強をみてくれるかな……と思いながらガラスの容器を棚から取り出していると、ふいにインターホンが鳴った。

ピンポーン、という音にウールが目を瞬く。

「誰か来たのか？」

「みたいですね」

理緒も訝しむ。この部屋に来客があるなんて滅多にない。リュカのような氷室ゼミの学生ですら、たぶん来たことはないはずだ。しかもこのマンションはオートロックである。本来はエントランスで足止めされるはずなのに、今のは玄関のインターホンの音だった。

不思議に思いながら玄関にいき、扉を開くと、

「やあ、理緒君。久しぶりだね」

「うわ……」

そこには圧倒的な美形の男性が立っていた。

った。

氷室教授と兄弟関係のヴァンパイア、ユフィリア＝L＝ウォールデン——ユフィさんだ
長い髪を肩下辺りで留め、以前お気に入りだと言っていた吟遊詩人姿ではなく、今はスーツを着こなしている。ただしノーネクタイで襟をやや開けており、どことなくホストっぽい出で立ちだった。

そのユフィさんは理緒のリアクションを見て、実に楽しそうに笑みを見せる。

「うわ、とはひどいね、うわとは。僕に会えたのがそんなに嬉しかったのかな？」

「いえその、えっと……」

理緒は何とも言えず、言葉を濁す。正直、ユフィさんのことはあんまり得意ではない。悪い人ではないと思うんだけど、目的のためには手段を選ばないところがあるし、笑顔で場をかき乱すような人なのだ。

「前回はレオや理緒君のいない時に勝手にお邪魔してしまったからね。今回はきちんと正面から訪問してみたよ」

「は、はあ……」

ユフィさんは基本的に神出鬼没である。この人が相手ではエントランスのオートロックが反応しないのも納得だった。

「ほ、本日はどのようなご用件で……？」

「とりあえずなかに入ってもいいかな？　立ち話もなんだしね」

爽やかに言われ、ひたすら困った。

果たして招き入れてしまっていいのだろうか。というのも氷室教授とユフィさんは仲が宜しくない。前回、ユフィさんがこの部屋にきた時なんて、問答無用で教授が吹っ飛ばしてしまったほどだ。

ただ、この人は梅雨の頃に、教授と清一さんを再会させてくれた立役者でもある。妖精による神隠し騒ぎを起こすなど、本当に手段を選ばないところはあるけれど、そのおかげもあって教授は最後に清一さんと言葉を交わすことができた。

あの一件で二人の仲も多少は雪解けしたようだし、自分がここで門前払いしてしまうのも違うのかもしれない。

「教授を変に刺激したりはしないで下さいね……？」

「もちろんさ。理緒君の迷惑になるようなことは決してしないよ」

いまいち信用できない笑顔だった。でも諦めて「どうぞ」とスリッパを出す。ちなみにウールもユフィさんが苦手なようで、姿を見た時から理緒の背中に張り付いてぶるぶるしている。

「レオはどこにいるんだい？　時間的に朝食の最中かな？」

ユフィさんは氷室教授のことをいつもレオと呼んでいる。

教授のフルネームがレオーネ＝L＝メイフェア＝氷室なので、そこからの愛称らしい。

「いえ、ちょうど起こそうと思ってたところなんです」

そう言って、寝室の方へ移動する。ある意味、タイミングが良かったかもしれない。氷室教授は寝起きが悪く、起こすのはいつも重労働なのだ。しかし兄弟であるユフィさんだったら、何か効果抜群の起こし方などを知ってるかもしれない。

「とりあえず、まずは僕がいつもの方法で起こしてみますね。ウール、お願いしていいですか？」

「……お、おう。任せとけ」

まだちょっとユフィさんのことを警戒しつつも頷くウール。

その視線の先には思いっきり寝ぼけ眼の教授がいる。なんとか上半身は起こしているけど、いつもきっちり整えられているはずのブロンドはほつれて乱れ、パジャマ代わりのワイシャツはボタンがちゃんと閉まっていない。

「……え？　レオ……え？」

その姿を見て、なぜかユフィさんは固まってしまった。不思議に思いながらも横を通り、理緒はもこもこのウールを教授に手渡す。

「おはようございます、氷室教授。はい、ウールです」

「……ああ、良かろう。ふむ、これは上質なもこもこだな……」

「え？　え？　え……？」

教授はウールを大事そうに胸に抱く。最近わかってきたのだが、起き抜けの教授は何かを持たせると、とりあえず何かしらの反応をする。それで多少脳が目覚めるらしく、この後、お風呂場まで歩かせるのが楽になるので、理緒は最近ウールに抱き枕役をお願いするようにしていた。

今、教授はウールを有名ブランドの新作クッションだと思っているらしい。虚ろな目であれこれと触り心地の感想を言っている。理緒はもう慣れっこだが、いつも凛々しい教授が一心不乱に可愛い羊を撫でまわしている姿はかなり浮世離れしている。

するとユフィさんがぎこちなくこちらを向いて、唖然とした様子で指を差した。

「理緒君……なんだい、この生き物は？」

「え？　ただの寝起きの氷室教授ですけど。ユフィさんも知ってるでしょう？」

「……知らない。こんな無防備で不思議な生き物、僕は知らない」

いつもの気安い笑顔が消えていた。完全な真顔でユフィさんは慄いている。

「レオとは人の一生の何倍も共に過ごしたけど、こんな気の抜けた状態を見るのは初めてだ……」

予想外の反応に理緒は目を瞬く。

「氷室教授って昔は朝弱くなかったんですか？」

「いや……思い返してみると、確かに起き抜けは機嫌の悪いことが多かった気がするけど、こんなに知性を捨て去った状態のレオなんて見たことがないよ。前代未聞だ……」

ユフィさんはクラッとした様子で逃げるように寝室から出ていく。

「ごめん、理緒君。今日はこれで失礼するよ。なんだか頭痛がしてきた……」

「は、はあ……すみません、なんだか刺激の強いものを見せてしまったみたいで。結局、ユフィさんはどんな用できたんですか？」

「ああ、そうだね、下手な『人ならざるモノ』よりレアなものを見たせいで忘れてしまうところだった。理緒君、これを」

スーツの内ポケットから長方形の便箋が取り出された。

「招待状。僕から君に」

「……僕に？　教授にじゃなくてですか？」

「一緒に食事をするって約束したろ？」

その言葉と同時に、目の前に銀色の懐中時計がかざされた。長いチェーンによって振り子のように揺れる時計を見て、理緒は「あー……」と呻く。

この懐中時計は喉から手が出るほど欲しいものだった。ユフィさんにはその気持ちを見透かされ、以前に『食事に付き合ってくれたらあげるよ』と言われている。これは断れない。

「……わかりました。観念します」

「楽しみにしているよ。あ、レオには内緒でね？　今回は二人でゆっくり語り合おう」

もちろんいくとなったら教授には黙っているしかない。懐中時計のことは下手に話せないし、何より教授はユフィさんが理緒に関ろうとすると色んな意味で見境がなくなる。

招待状とやらを渡し終えると、ユフィさんは手早く玄関から出ていった。いつもはユフィさんがくると大騒ぎになるのに、実に静かな退場だった。寝起きの教授がよほど衝撃的だったのかもしれない。

理緒は改めて手元の招待状を見つめる。

「……仕方ないですよね」

小さくため息をつき、教授にシャワーを浴びさせるため、足早に寝室へ戻った。


翌日、理緒は指定された場所へと向かった。二人で語り合おうと言われてしまったので、ウールにも家で留守番をしてもらっている。『大丈夫か？　あいつもひむろと同じヴァンパイアなんだろ？　食べられちゃったりしないか？』と心配してくれたけど、たぶん大丈夫だと思う。……たぶん。確証はないけれど。

待ち合わせ場所は氷室教授のマンションからそれほど遠くはない、シティホテルのラウンジだった。この辺りは実家の峰野町と違い、開発が進んでいて、都会のような雰囲気がある。

ただの大学生には明らかに場違いで、どうにも落ち着かない気持ちでいると、程なくしてユフィさんがやってきた。今日もスーツ姿だが、きちんと襟のボタンをして、ネクタイもつけている。ラウンジを通るお客さんたちが思わず見惚れるほどの美形で、こういうところは素直に教授と似ていると思った。

「やあ、理緒君！　来てくれて嬉しいよ。道に迷ったりはしなかったかい？」

「ああ、はい、道案内があったので……」

チラリと正面フロアの窓の方を見る。そこにはやや白っぽいコウモリが逆さの状態で留まっていた。理緒がホテルの近くまで来た時、あのコウモリがどこからともなく現れて、ここまで先導してくれたのだ。おそらく、というか間違いなくユフィさんのコウモリなのだろう。変なところでヴァンパイアっぽさを見せる人だった。

「それで今日はどこにいくんですか？　食事ってことでしたけど……」

「もちろんちゃんとエスコートするよ。とりあえずは――」

シャンデリアの下がる天井がスッと指差された。

「最上階へ移動しよう」

そう言って、連れてこられたのはホテルの展望レストラン。壁一面のガラス窓からは霧峰の街が一望でき、いくつもの街灯かりが輝いている。純白のテーブルクロスが敷かれた席に案内され、理緒はあまりの豪華さに言葉を失った。

「…………」

「どうだい？　気に入ってくれたかな？」

「……普段着で来てしまってすみません」

とりあえず最初に出てきたのはそんな謝罪だった。半袖シャツ姿の理緒はあまりの場違いさを感じて頭を下げる。

まさかこんな豪華なレストランに連れてこられてしまうだなんて思わなかった。でもそうだった、この人は氷室教授の兄弟だった。こっちの想像の斜め上をいくなんて簡単に予想できたはずなのに。

「はは、気にしなくていいよ。今夜は僕たちの貸し切りだから変にかしこまる必要なんてない。気軽に楽しんでくれたら嬉しいな」

「え、貸し切り？　……うわあ」

改めて見回すと、本当に他にお客さんはいなかった。理緒たち以外の席はすべて無人。ウェイターさんたちは壁際で一列に待機している。こちらが呼ぶまでずっとそうしているのだろう。プロの魂を感じた。

「あの……実はずっと気になってたんですけど、氷室教授といいユフィさんといい、どこからそんなにお金が出てくるんですか？」

「僕たちはとても長く生きてるからね。気の遠くなるような年月の間に財産は勝手に貯まっていくんだよ。根本的に必要なのは人間の血だけだから、意識しないと金銭を使うこともないし、昔の財宝なんかも各地に保管してあるしね」

「はあ……」

財宝なんて言葉、日常会話で初めて聞いた気がする。

「とりあえず乾杯をしようか」

手を挙げてウェイターさんを呼び、ユフィさんはワインを、理緒はレモネードを頼んだ。乾杯をすると、順番に料理が運ばれてきた。

テーブルのキャンドルの前で軽くグラスを揺らし、ユフィさんは思い出し笑いをする。

「それにしても昨日のレオには参ったなあ。まさかあのレオがあんな顔で……ふふ、時間が経ってようやく笑えてきたよ」

「毎朝、あの状態の教授と戦ってる僕としては笑いごとじゃないですけどね……」

「理緒君によほど心を許してるんだね」

微笑と共に告げられ、困惑した。

「……そういうことなんでしょうか」

「そういうことだと思うよ」

　ユフィさんは窓の外の夜景に視線を移す。

「少し妬けてしまうかな。僕とはそれこそ気の遠くなるような年月一緒にいたっていうのに、あんな顔を見せてくれたことはなかったからね。たぶん僕たちの『親』に対してもそうだったんじゃないかな」

「親……」

　理緒は前菜の後のスープを飲んでいたスプーンを置く。

　氷室教授とユフィさんは兄弟だが、それは人間のような血縁的な『兄弟』という意味じゃない。二人は同じヴァンパイアから血を与えられ、ヴァンパイアになった。そういう意味での『兄弟』だ。

　だから二人には共通の『親』がいる。もちろんヴァンパイアとしての『親』だ。理緒は自分の心のなかに目を向けながら口を開く。

「教授にとって……清一さんは父親のような存在でした」

「うん、そうだろうね。氷室清一氏はレオにとって大きな背中を見せてくれた人だったと思うよ」

　ユフィさんも教授と清一さんの関係は知っている。むしろ理緒よりずっと長く二人のことを見守っていたくらいだ。

「そのヴァンパイアの親の人は……どういう人だったんですか？」

「母親、かな。レオにとってヴァンパイアの手本のような人だったと思うよ」

と言った直後、ユフィさんは腕を組み、難しい顔で悩み始めた。

「いややっぱり母親は言い過ぎかな？　そんなに甲斐甲斐しい人ではなかったし、むしろどっちかと言うと『ついてこられないなら捨てていきますよ』みたいな空気もあったし、僕が間にいなかったらレオは途中で心が折れてたかもしれないしなあ……」

「ええー……」

一体、どういう人なんだろう。清一さんが常に優しさの溢れ出てるような人だったから、なんだか不安になってくる。

「とりあえず美しい人ではあったよ。いつも超然とした雰囲気でね、プラチナブロンドの長い髪はまるで星をちりばめたようで――」

「星みたいなプラチナブロンド……？」

ふいに頭のなかを何かが掠めた。ユフィさんの言葉からイメージが湧いてきて、誰かの顔が脳裏を過ぎる。

「イザベラさん……？」

無意識につぶやいていた。ユフィさんが「ああ」と自然に頷く。

「レオから聞いていたのかい？　意外だな、過去のことなんて自分からは話さないと思っていたのに。まあ、理緒君を眷属として育てようとしてるようだし、昔話ぐらいはレオもするかな」

「あ、いえ……」

「そう、イザベラというのが僕たちの『親』の名だ。イザベラ＝ロード＝アウラ。ロードというのはヴァンパイアの間の爵位を示していてね、僕のユフィリア＝Ｌ＝ウォールデン、レオのレオーネ＝Ｌ＝メイフェア、その『Ｌ』の字は彼女から与えられたんだ」

遠くを見つめる目でユフィさんは語る。

「僕たちは様々な土地を旅した。昔は『人ならざるモノ』がまだまだ元気でね、随分と人間たちに危害を加えていたんだ。僕たちはそれらを懲らしめ、人間の街に滞在する。半分はイザベラの道楽のようなものだった。『我らは頂点に君臨するもの。ゆえに最も脆弱な人間たちを守ってやりましょう』と言ってね。助けた人間からたまに血をもらって、僕らは街に根を下ろす。だけど何十年経っても見た目が変わらないから、そう長くはいられない。そうだな……三十年は無理だったかな。粘って二十年、早ければ十年ぐらいで新しい土地を目指して街を出ていく。そんな日々を過ごしていた」

「…………」

……知っている気がした。なぜだか鮮明にイメージできる。

どうしてだろう。イザベラさんの名前といい、土地から土地へ渡っていく日々といい、初めて聞いた気がしない。ユフィさんの言う通り、どこかで氷室教授から聞いたことがあったろうか。

不思議に思っている間もユフィさんの話は続く。

「ヴァンパイアとしての生き方はすべて彼女から教わった。コウモリの使役の仕方、力の使い方や人間の記憶を掌握する方法、効率よく人間社会に溶け込むやり方とかもね。基本的に彼女はスパルタだったから、最初の頃の僕らは食らいついていくのに必死だったよ」

ユフィさんは肩をすくめる。

「なんにせよ、氷室清一氏とは正反対の人だったと思うよ。清一氏はとても人間らしい人だった。逆にイザベラはヴァンパイアとして完成された性格だったからね」

前髪をさらりと揺らし、こちらを見つめる。

「だけど、理緒君がイザベラに興味があるとは思わなかったよ。眷属として、レオの足跡が気になり始めたのかな？」

「いや眷属はやめて下さい。……って、兄弟揃って同じこと言わせないで下さい」

聞き捨てならないことを言われ、少し我に返った。

レモネードを飲んで気持ちを落ち着ける。

「最近、教授の様子がおかしいので、少し気になっただけだと思います」

自分の気持ちをどこか他人行儀に説明した。でもたぶんそうなのだと思う。清一さんのことがきっかけで教授の様子がおかしくなったから、ヴァンパイアとしての『親』のことも少し聞いてみたくなったのだ。

「おかしい？　レオがかい？」

「はい。やたらと高級なものをくれたり、やたらと高額なお小遣いをくれようとしたり、果ては僕をハーフヴァンパイアにしたことを気にしたりして……。まあ、きっかけは清一さんの件だと思うんですけど、僕には何が何やら……」

「それは……」

ユフィさんは目を丸くして驚いた顔をする。だけど直後に噴き出した。堪え切れないというようにお腹を抱えて笑い始める。

貸し切りのレストランに笑い声がこだました。理緒は目を白黒させるばかりだ。

「な、なんですか？　なんで笑うんです？」

「いやまさかあのレオが……と思ってね。まあ、らしいと言えば、とてもらしい。理緒君、やっぱり君をこうして食事に誘ってよかったよ」

ネクタイを緩め、ユフィさんはテーブルに頬杖をつく。楽しそうな目でこちらを見つめて言う。

「理緒君、レオはね……君のことを大切にしたいんだよ」

「え……」

とっさになんと返していいかわからなかった。ユフィさんは含み笑いの余韻を残しながら続ける。

「清一氏とのことがあって、君との関係もちゃんと見直そうとしてるんだ。だけどレオはどうすれば君が喜ぶのかわからない。それであれこれ試行錯誤してるんだろう。彼はほら、とても不器用だから」

「教授が僕を……」

氷室教授が不器用、という言葉はしっくりくる気がした。出逢った当初はただただ傍若無人な人だと思っていたけれど、清一さんとの馴れ初めを知った今なら、あの人が様々な想いを抱えて生きてきたのだとわかる。ただ、それにしたって……。

「……僕を喜ばせたいなら人間に戻してくれるのが一番なんですが」

「あはは、それは無理かなあ。たぶんレオの頭の片隅にもその考えはないと思うよ？」

あー、ですよねー……と理緒は力なくうな垂れた。

その後、豪華なメインディッシュにデザートまでご馳走になって、レストランを後にした。

送ってくれるとのことなので、気だるい暑さの残る帰り道をユフィさんと歩く。タクシーを呼ぼうかとも言われたけど、さすがにそれは遠慮した。開発地区を離れて住宅街に入

ると、人通りも少なくなってきた。どこからともなく虫の声が聞こえ、それを耳にしなが
ら理緒は思う。
氷室教授が自分を大切にしようとしてくれるのは……嫌じゃない。見当外れなことが多
くて呆れてしまうけど、それでも嬉しさは確かにある。
でも教授の想いはあくまでヴァンパイアとしてのものなのだろう。やはり決定的なとこ
ろが嚙み合わない気がする。
理緒は空を見上げる。そこにはいくつもの光が瞬き、きれいな星空が広がっていた。
「清一さんが言ってました。自分は星空がいっとう好きだって。最期の時も清一さんの頭
上にはこんな星空が広がっていました」
思い出すのは、あの柔らかい笑顔。清一さんは自分に人間としての人生を全うする姿を
見せてくれた。
「ユフィさん、僕は人間に戻りたいです」
そして、と言葉を続け、隣を見る。
「氷室教授にも人間に戻ってほしいんです」
それは清一さんの一件の後、決意したことだった。氷室教授は人間と過ごす日々が永遠
ではないことを知っている。どんなに大切な人であっても人間である限り、ずっと教授と
共にいることはできない。いつかは必ず終わりがくる。

だから四十年前、教授は清一さんのもとから離れた。

だからあの梅雨の時季、清一さんと再会することを躊躇い続けた。

だから……今、理緒を完璧なヴァンパイアにしたいのだろう。

でも理緒は思うのだ。ちゃんと生きて、ちゃんと想いを次の世代に伝えて、ちゃんと天寿を全うする。それが人間の生き方だと。

教授がヴァンパイアとしての永遠の時間に哀しみを抱いているなら、自分と一緒に人間に戻ればいい。そうして共に生き、共に伝えて、最後は共に幕を閉じればいい。

もちろん自分の人生の終わりなんてまだ全然想像もつかないけど、この考えはきっと間違ってないと思う。

「理緒君は強くなったね」

ユフィさんは夜風に揺れる髪をかき上げる。

「僕はコウモリを使って、レオのまわりをずっと観察していた。だから君のことも君が思っている以上に知っているよ。ハーフヴァンパイアになったばかりの四月の君はレオに振り回されていた。それがどうだろう、ほんの短い間にレオを真っ直ぐ見据えられるほどに成長した。……こればかりは人間の凄さだね。君たちは時に出逢いによって瞬く間に成長する。僕たちヴァンパイアには成し難いことだ」

「でもユフィさんや氷室教授だってもとは人間だったんですよね？」

「遠い昔の話さ。僕らが悠久の時を生きている間に人間たちは次々に死んでしまう。ヴァンパイアとしての自分が確立できるようになればなるほど、人間たちの感覚とはズレてくる。僕はとくにそうだね。イザベラ曰く、僕はヴァンパイア向きの性格をしているらしいから。たとえば理緒君が完全な人間に戻り、数十年後に老衰したとしよう。僕はとても哀しみ、君に哀悼の歌を捧げるだろう。だけどそれで心が壊れてしまうことはない。人間の一生が瞬き程度で終わってしまうことを知っているからね。ただ……」

小さな苦笑がこぼれた。

「清一氏の一件を見て、僕も思ったんだ。レオは僕とは違うのかもしれない」

ふいにユフィさんは立ち止まる。そしてスーツの内ポケットに手を入れると、銀色の懐中時計を取り出した。静かにこちらに渡してくる。

「約束の時計だ。これは僕には無用のものだから君が好きに使うといい」

細かい意匠が施されたその表蓋を見て、理緒は息をのんだ。

初めてこの懐中時計のことを知ったのは、氷室教授の手でハーフヴァンパイアになった時。慌てふためく理緒に対して、教授はあやかし調査のことを口にし、続けて言った。

いずれ満足のいく成果が得られたならば、この懐中時計をお前に与えて人間に戻してやろう、と。

つまりこの懐中時計を使えば、理緒は人間に戻れるらしい。まったく同じものをユフィさんも持っていると知った時は本当に驚いた。

曰く、この懐中時計は二人の『親』――つまりはイザベラさんがくれたものらしい。懐中時計に仕込まれた術を解放すると、ヴァンパイアは血の宿命から解き放たれて人間に戻るという。

理緒が時計を欲しがっていることを知り、ユフィさんは食事に付き合えば譲ってくれると言った。それから幾ばくかの時間が経ち、今日、約束は果たされた。

「本当に頂いていいんですか……？」

「もちろん」

「ユフィさんは……教授がヴァンパイアじゃなくなってもいいんですか」

「嫌だよ。だけど……」

困ったような苦笑。

「それがレオの幸せに繋がるならば僕は涙をのむさ。兄弟だからね」

ふと思った。

もしも人間に戻ることが教授のためにならないと思ったら、きっとユフィさんは全力で妨害してくるだろう。想像もつかないような恐ろしい手段を講じて止めにくるに違いない。だけどユフィさんはそうはしなかった。むしろ背中を押すように懐中時計を差し出してくれている。

理緒は深く深呼吸をした。

ユフィさんから懐中時計をもらったことを知ったら、教授はどんな顔をするだろうか。まずは怒るだろう。貴族は契約主義だと以前に言っていたから『契約違反だ』と言われるかもしれない。ただ、そんなお怒りに触れてでもこの懐中時計は手に入れたかった。

自分が人間に戻るためだけじゃない。

時計が二つあるなら二人に使える。つまりは、

「ありがとうございます。これで僕と氷室教授、二人とも人間に戻れます」

意を決してお礼を言った。ユフィさんは無言で笑みをこぼし、理緒が差し出した手に懐中時計を載せようとしてくれる。

しかし、その瞬間だった。

突如、悪寒が走った。

「……っ!?」

全身が総毛立ち、冷や汗が噴き出る。これまで何度か経験したことがある、危険なあやかしが近くにいる時の感覚だった。

ユフィさんも同じものを感じ取ったらしい。長い髪を振り乱し、路地の奥へ視線を向ける。しかしその表情は理緒の想像以上のものだった。

「冗談だろう？　この気配は……っ」

ユフィさんは両目を見開き、愕然(がくぜん)としていた。まるで幽霊でも見たような反応だった。

「理緒君はここにいて」

「あ……っ。ユフィさん!?」

スーツのジャケットをなびかせて駆け出す。一瞬、迷ったけれど、いても立ってもいられず、後を追った。

アスファルトの道の端では電灯がチカチカと明滅している。蒸し暑いのに冷や汗が止まらない。恐ろしい気配を追って進むと、路地の奥に人が倒れていた。

「まさか……」

「だ、大丈夫ですか!?」

ユフィさんが立ち止まり、理緒はその横を追い越して駆け寄った。

会社員らしきスーツ姿の男性だ。地面に倒れ、小さく呻(うめ)き声を上げている。助け起こそうとし、理緒は息をのんだ。

首筋に噛み傷があった。鋭い歯を突き立てられたように二つ、赤い傷ができている。

「これはまるで……」

ヴァンパイアに噛まれたような傷だった。

理緒は以前にもこれと似た傷を見たことがある。四月に朧鬼(おぼろおに)というあやかしに女子学生が襲われた時だ。朧鬼も血を求めるあやかしで、女子学生は首から血を吸われていた。

あの時と見た目はほぼ同じだ。だけど理緒のなかの血が本能的に告げていた。ただの吸血系あやかしだった朧鬼とは違う。——これは本物だと。

でも頭が追いつかない。本能からの強烈な主張をどう処理していいかわからない。

「ユフィさんっ、どうすればいいですか!? この人に何か手当を……っ」

振り返ってそう訊ねた瞬間、ユフィさんが叫び返した。

「理緒君、危ない！」

え、と言う間もなかった。抱き起こしていた男性の瞼が開き、血走った目がギョロッと理緒を睨む。両手がこちらに伸びたかと思うと、凄まじい力で首を絞められた。

「……っ!?」

息ができない。いやそれどころじゃない。このまま首を捩じ切られそうなほどの力だったた。とっさにヴァンパイアの力を解放できたのは、何度も危険な目に遭ってきたおかげかもしれない。

理緒の瞳が真紅に輝き、人間の限界を超えた力が発揮される。その圧倒的な腕力で男性の腕を掴んだ。

「な……っ!?」

しかし引き離せない。男性の腕は微動だにしなかった。ヴァンパイアの力を解放した時の理緒は風のように地面を駆け抜け、あやかしの骸骨だって羽交い絞めにできるほどの力がある。なのに目の前の相手にはまったく通用しなかった。

男性は「あ……あ……あ……っ」とうわ言のように短い言葉を吐き、理緒の首を絞めたまま立ち上がった。そのまま民家のブロック塀に叩きつけられる。一瞬、気を失いそうになった。

「なん、で……っ」

普通の人間の力じゃない。どう見てもこの膂力は限界を超越している。ヴァンパイアの力を解放した自分と同じようなものを感じた。

戦慄する理緒に男性の顔が迫ってくる。口には大きな牙が生えていた。ただ、その鬼気迫る表情は理緒とは似ても似つかない。ヴァンパイアというよりは……ゾンビのようなモンスターみたいに見えた。

はっとする。思い出したのは氷室教授の講義。この男性の見境なく襲ってくる様子はまるで……セルビアのパウルのようだ。

そして牙が迫る。どんなに抵抗しても止められない。だが凶悪な牙が理緒の首に触れる寸前、涼やかな音色が響いた。

「そこまでだよ」

途端、男性は苦しみだす。理緒から手を離し、耳を塞いでのたうち回る。見れば、吟遊詩人のような姿になったユフィさんがハープを弾いていた。

月を模した形のハープからは美しい音が鳴り響き、それが男性になんらかの影響を与えているようだった。理緒は激しくせき込み、ずるずると崩れ落ちる。

「ユフィさん……」

返事はなく、吟遊詩人は演奏を止めて男性へ近づいていく。すると音が無くなったことで苦しみから解放され、今度はユフィさんに襲い掛かろうとした。

しかしその牙は届かない。優雅な演奏からは考えられないほどの圧倒的な力でユフィさんがその口を押さえつけ、男性を地面に引き倒したからだ。

「理緒君、大丈夫かい？」

「は、はい……」

「ごめんよ。周囲を警戒していたせいで出遅れてしまった」

ユフィさんの表情は晴れない。

周囲……？　と眉を寄せ、理緒は気づく。最初に感じた恐ろしい気配がいつの間にか消えていることに。

「あの気配はこの男の人じゃない……ってことですか？」

「ああ、この程度の相手が出せるプレッシャーじゃなかった。あれはまるで……いやいい。今はそれどころじゃない」

男性を右手で押さえ込んだまま、ユフィさんは左手で指笛を吹いた。それに応えるように数匹の白っぽいコウモリが飛んでくる。

「レオに連絡を。彼のコウモリも近くにいるはずだ。すぐにここにくるよう伝えてくれ」

「あ、教授を呼ぶなら僕のスマホで連絡がつきます」

「人間の文明の利器か。いいね、お願いするよ」

ユフィさんの口調は冷静だが、表情に余裕がなかった。理緒はまだ少しせき込みながらもすぐにスマホを操作。スピーカーフォンで教授に繋いだ。

「──理緒か。どうした？」

「すみません、教授、なんて言ったらいいか……今、ユフィさんといるんですが……」

「ユフィリアと？　どういうことだ？　何をしている？　こんな時間までどこにいた？」

矢継ぎ早に質問責めが始まった。しかし割って入るようにユフィさんが言う。

「レオ！　街の人間がヴァンパイアに襲われた。今、僕が押さえている。正直、人間のひとりやふたり、どうなっても僕はそれほど気にしないけど、君や理緒君はそうじゃないだろう？　すぐにきてくれ。あまり時間がない」

「ヴァンパイア……？　霧峰は私が管理する土地だぞ。同族が侵入したならばすぐに気づく。一体、なんの冗談だ？」

「くればわかる。こなければ手遅れになるよ。すでにグール化が始まっている」

グール……？　と理緒は疑問に思ったが、邪魔にならないように口には出さなかった。

教授も少しの間無言だったが、ユフィさんの声の真剣さに気づいたらしく、やがて「待っていろ」と返事があって通話が切れた。

空を見ると、白っぽいコウモリが黒いコウモリを連れてきたところだった。

よく見かける教授のコウモリだ。それで居場所がわかったらしく、程なくして氷室教授がやってきた。

男性は今も隙あらば飛び掛かろうとしていて、ユフィさんがそれを苦も無く押さえつけている。ブロック塀のそばでは理緒がやや遠巻きにしており、それらの状況を見て教授は顔をしかめた。

「とりあえず、なぜお前たちがこんな時間に連れ立っていたかはあとで聞こう。……理緒、怪我はないか？」

「あ、はい。危ないところでしたけど、ユフィさんが守ってくれたので」

「…………」

すごく不服そうだった。しかしユフィさんから「レオ、先にこっち」と促され、教授は男性のそばに腰を下ろす。途端、表情が変わった。その視線は首筋の傷を見ていて、

「馬鹿な、これは……っ」

気配か何かを探るように指先で傷口に触れ、教授はぱっと顔を上げた。

「理緒、お前がやったのか⁉」

「え、僕っ⁉　ち、違いますよっ。僕が人を襲ったりするわけないでしょう⁉」

冗談にしても笑えない。確かに力を使う度にヴァンパイアに近づいていて、いずれは血を求めるようになる、とは言われているけれど、人を襲いたいなんて思ったことは一度もない。

「理緒ではないのか……？」

「当たり前です！」

「ならばユフィリア、レオ。お前の仕業か？」

「落ち着きなよ。僕が犯人だとしたら話は単純だ。でも残念ながらそうじゃない。僕を疑う気持ちはわかるけど、今の今まで理緒君と一緒だったんだ。今回は僕が犯人じゃないよ。ねえ、理緒君？」

「あ、はい、そうです。さっきまで僕らはホテルのレストランにいました。だからユフィさんは何もしてないかと……」

「……わかった。ならば犯人のことは後回しだ。今はこの男のことが先決だ」

青い瞳が男性を見据える。氷室教授がきたことで緊張感がほぐれてきた。いつものあやかし調査の気持ちになり、理緒もそばに近づいていく。

「あの、さっき言ってたグールっていうのは……？」

「セルビアのパウルの話は覚えているな？」

もちろん覚えてます、とすぐに答えた。教授は暴れようとする男性を見下ろして言う。

「ヴァンパイアといえば、誰もがまずはルスヴン卿(きょう)のような貴族然とした紳士を想像し、かつドラキュラのような広く知られた名を思い出す。彼らはフィクションの存在だが、実際のヴァンパイアである私やユフィリアに近い姿で描かれている」

理緒は無意識に頷(うなず)いた。そうだ、講義の時も気になった。ルスヴン卿やドラキュラは物語のキャラクターであり、彼らによって現在のヴァンパイア像は始まった。しかしヴァンパイアは現実に存在していて、たとえば教授やユフィさんはルスヴン卿たちが生み出される以前から生きている。まるで現実とフィクションの境が曖昧(あいまい)になっていくような感じがして、講義の時も理緒は戸惑った。

「事実としてはどういうことはない。単純にフィクションのヴァンパイアたちは本物のヴァンパイアをモデルとして描き出されたというだけのことだ。貴族がパトロンとして出資し、芸術家たちに自分好みの作品を作らせることは昔からよくある。とくに１８００年代は『人ならざるモノ』が積極的に表舞台に関与していた最後の時代だ。物好きなヴァンパイアたちが芸術家たちに働きかけ、ある時は神託を装ってアイデアを与え、またある時は直接的に操り、数多(あまた)のヴァンパイア文学を生み出した」

「えっ、講義で言ってた１８００年代の吸血鬼文学のブームって、教授たちが起こしたものだったんですか⁉」

「私ではない。状況から見て、どこかの同族が関与していたのだろう、という話だ」

と、そこでユフィさんが気軽に手を挙げて、羽根の付いた帽子のつばを上げて、

「あ、ごめん。近代のヨーロッパのことだったら僕もちょっと嚙んでた」

「ユフィさん!?」

そうだった、氷室教授が趣味であやかし調査をしているように、この人も趣味で『人間の間に伝承を広める』ということをしていたのだ。

「と言ってもほんのちょっとだけね。あの頃、楽しそうに暗躍してたのはヴラド公やカーミラ夫人さ。人間たちに神託を与えると次々に物語を生み出すから面白い、って言って色んな形で自分たちのことを書かせてたみたいだよ」

「なるほど、やはり彼らだったか」

「今はどこでどうしているか、わからないけどね。派手好きな人たちだったから、ひょっとしたら今もあの頃と似たようなことを続けてるかもしれないよ」

吟遊詩人の外套を揺らし、ユフィさんは肩をすくめる。

そんな気楽に言われましても……と理緒は言葉が出ない。

ヴラド公という名前については雑学として多少聞き覚えがある。確かドラキュラのモデルになった歴史上の人物だったと思う。カーミラという名もヴァンパイア作品でたぶんあったはずだ。

教授たちの口ぶりからすると、どちらも本物のヴァンパイアらしい。しかもその二人がヨーロッパに吸血鬼文学のブームを起こしたのだという。ヴァンパイアは一体、どれだけ人間社会に影響を及ぼしているのだろう……。

理緒が途方に暮れていると、氷室教授が言葉を続けた。

「当然だが、フィクションのヴァンパイアは人間にとって脅威にはなり得ない。ルスヴン卿やドラキュラはあくまで物語のなかにしか存在せず、人間を襲うことはないからな。問題なのは公的記録に残る者たち、セルビアのパウルのような実害として人間社会に出現するなりそこないたちだ」

「……なりそこない、ですか？」

「ヴァンパイアになる条件はわかるな？」

「はい、もちろん……それこそ骨身に染みて知ってます」

一つ頷き、理緒は答える。

「ヴァンパイアに嚙まれて血を吸われ、その後、自分を嚙んだヴァンパイアから血を与えられることです」

「そうだ、お前も私に血を献上し、そして私の高貴なる血を与えられることで、生物として非常に類まれなる今の地位を得た。ではここで問題だ」

教授が講義の時のように言うと、途中でユフィさんが割って入った。

「血を吸われた後、もしもそのヴァンパイアから血を与えられなかったら、人間はどうなると思う?」

「血を与えられなかったら……?」

「答えは僕の右手の下だ」

「……っ!」

ユフィさんの右手に押さえられ、荒く息を吐く男性が視界に入り、理緒は絶句した。

一方、話を取られてややムッとした顔で教授が口を開く。

「ヴァンパイアに血を吸われた人間はその後、血を与えられずに放置されると、次第に自我を失い、失った血を求め続けるだけの怪物になる。それがグールだ。グールは他の人間を襲い、時には動物や家畜までも狙って暴れ続ける。奪われた血を本能が求めるからだ。しかし他者や他の生物の血を飲んでも、失った自分の血が戻るわけではない。癒えぬ飢餓感を抱え、朽ち果てるまで暴れ続けることになる」

「そんな……っ」

「セルビアのパウルもそうしてグール化したひとりだ。グールに噛まれ、血を吸われると、襲われた人間もまたグールになってしまう。またグールから血を奪っても助かることはない。ヴァンパイアの血でなければ自我を保ち、大いなる力を得ることはできないからな。私がヴァンパイアの血を『高貴なる血』と称するのもこのためだ」

先ほどとは違い、グールについて語る教授の表情は厳しい。

「個人差はあるが、一般的にグール化の進行は遅い。噛まれてから徐々に自我が薄れ、人間として死ぬ前後にグールとなって動き出すのが通例だ。パウルも生前から奇行が目立ち始め、その一環で荷車から落下し、結果、死後にグールとなって村人を襲った」

「そこがヴァンパイアとグールの違いかもね。ヴァンパイアは生きている間に血を与えられてヴァンパイアになり、グールは血を与えられないまま死ぬ間際や死んだ後にグールになる」

まさに講義の時に疑問に思っていたことだった。

教授は『生者があやかし化する事例』を求めていて、霧峰北病院の骸骨のような『死者があやかし化する事例』には目もくれなかった。これは生者がなるのがヴァンパイアだからなのだろう。

「で、でもだとしたら……っ」

喉がからからに渇いていくのを感じた。

「この男の人は……!?」

ユフィさんの右手の下では牙の生えた口が唸り声を上げ、体中が土埃にまみれてしまっている。彼は完全にグールになっていた。ということは……。

「大丈夫、まだ死んではないようだよ」

「……っ」

ほっとして腰が抜けそうになった。でもまだ安心はできない。

「治してあげることはできるんですか!? できますよね……!?」

問いかけに対し、ユフィさんは教授へ視線を向ける。

「どうする?」

「………」

氷室教授は無言だった。何も言わずに視線を受け止め、自分のスーツの内ポケットに手を差し入れる。取り出されたのは——銀色の懐中時計。

「え? どうして今、その時計を……」

「理緒」

教授は何かを言いかけた。しかしすぐに口を噤み、ユフィさんの方に話しかける。

「お前も持っているはずだな、ユフィリア?」

「もちろんさ。『親』の形見だからね」

形見、という言葉にピクッと教授が眉をつり上げる。しかしそれに構う様子はなく、ユフィさんも先ほど理緒に渡そうとしていた懐中時計を取り出した。

目の前で揺れる、二つの懐中時計。銀色の表蓋が灯かりを反射して輝いていた。

「理緒君、この男を助けることは不可能じゃない。幸い、人間としての命は尽きていないようだから、まだ引き戻すことはできるはずだ。この懐中時計を使えばね」

「懐中時計を……？」

「ただ、レオ。悪いけど、こっちの時計はもう僕の一存では使えないんだ。これは理緒君にあげる約束をしているから」

「理緒にだと？」

チラッと青い瞳がこちらを見る。

「……そういうことか」

怒りとも呆れともつかない吐息。なんのためにユフィさんと会っていたのか、気づいた様子だった。

「あの、教授……」

「聞け、ユフィリア」

声を掛けようとしたが、ほぼ同時に教授が言葉を重ねた。

「契約上はあくまで私の懐中時計が先約だ。いつか研究の成果が得られたならば、私の懐中時計は理緒が使うことになる」

「ああ、なるほど、そうか。だったら今、力を温存すべきなのは、いつか理緒君が使うかもしれないレオの懐中時計の方だね。まあ、グール程度に使うなら消費する力なんて微弱なものだろうけど、それでも理緒君のことを考えるなら万全を期すに越したことはない。

うん、確かにそれは道理だ」

何か納得した顔でユフィさんは頷く。

「わかった。僕のを使うよ」

視線がこちらを向く。

「ごめんよ、理緒君。君にあげる予定のものだけど、少しだけ使わせてもらうね。ただ、理緒君の願いに支障はないはずだから安心して」

「急げ、ユフィリア。そう猶予はないぞ」

「わかってる」

二人の会話の意味はわからない。でも理緒が尋ねるより先にユフィさんが懐中時計の表蓋を開けた。数字は見慣れない古めかしい字体で、文字盤には星座のような美しい模様が描かれている。

「じゃあ、やるよ」

ユフィさんの瞳が真紅に輝き始める。ヴァンパイアの力を解放したのだとわかった。細い指が懐中時計のリュウズを押す。その瞬間、文字盤から星のような光がこぼれ始めた。

「……っ」

理緒は声もなく魅入られてしまう。

吟遊詩人の格好をしたユフィさんは氷室教授に勝るとも劣らないほど見目麗しく、その手に持った懐中時計から星のような光が舞い散る様は、まるで童話か絵本の一ページのようだった。

光は揺れるように降り注ぎ、男性の全身を包んでいく。するとあれほど獰猛(どうもう)だった唸り声が小さくなり始めた。ゆっくりと瞼(まぶた)が閉じられ、表情が穏やかになっていく。そしてふっと力が抜けた。ユフィさんが懐中時計の蓋を閉じる。

「終わったよ」

「ど、どうなったんですか!?」

理緒は思わず身を乗り出す。ヴァンパイアの力を収め、ユフィさんが答える。

「成功だ。彼は人間に戻ったよ」

その言葉通り、男性は穏やかに息をして眠っていた。もう暴れそうな様子もなく、グールだったことが嘘(うそ)のようだ。

心底ほっとし、理緒は胸を撫(な)で下ろした。そして気づく。これが懐中時計の力なのだろう。教授は以前、時計に仕込まれた術を使うと、ヴァンパイアを人間に戻すことができると言っていた。ならばグールになった人間を戻すこともできるのだと思う。

「すごいですね。こんなふうに人を助けることができるなんて……本当に良かったです」

「まあね。僕もこの懐中時計を使ったのは初めてだけど……まるで時を戻したみたいな効果だ。術は術でも間違いなく禁術の類だよ。時代が時代なら施政者がこの時計を巡って戦争を起こすレベルだ」

「馬鹿を言うな」

口を挟んだのは氷室教授。

「時を戻す道具など、そうありはしない。見たところ、この懐中時計の力はヴァンパイアの影響を打ち消す類のものだろう。まあ、確かに禁術レベルではあるがな。しかし……」

教授は顔をしかめる。

「……おかげで疑いようがなくなってしまった。懐中時計の力で助かったということは……この男はヴァンパイアに襲われたのだ。私が管理するこの霧峰の土地で、未知のヴァンパイアに……」

見ると、男の人の首筋にはまだ薄っすらと嚙まれた時の傷があった。放っておけば数日で消えそうなくらいのかすかな傷だけど、理緒も教授と同じくその意味の重さを感じていた。

春の頃、霧峰大学では吸血鬼が出るという噂が流れた。その騒ぎを起こしていたのは朧鬼で、結果として吸血鬼騒ぎは学生たちの勘違いだったが……今回は違う。

襲われた男の人には嚙み傷があり、血を与えてもらえずにグールになった。

ヴァンパイアの影響を打ち消す、懐中時計の力で助かった。

その意味するところは、この街にヴァンパイアが現れたということ。

つまりは——本物の吸血鬼事件だ。

「……まったく、厄介な話だ。眩暈がするほどにな」

ため息をつくようにつぶやき、氷室教授は立ち上がった。

「私のマンションに移動するぞ。まずは状況を整理する必要がある」

リビングの窓ガラスからは霧峰の街が一望できる。シティホテルの展望レストランとはまた違った角度の夜景だった。

「えっと、ユフィさんも紅茶でよかったですか？」

キッチンから三人分のティーカップを持ってきて理緒は尋ねた。

あの後、男性の財布から免許証を見つけて自宅まで送り届け、教授のマンションに移動した。一応、男性のそばには教授のコウモリを一匹残していて、その報告によると先ほど目を覚ましたようだ。教授が記憶をいじっておいたので、ヴァンパイアに襲われた記憶も残っていない。おそらくは酔っぱらって気づいたら自宅に帰っていた、と勘違いしてくれるはずだ。

「ありがとう。理緒君の淹れてくれるものなら僕はなんでも大歓迎だよ」

ユフィさんはにこやかに言ってティーカップを受け取った。途端、そのセリフに教授の眉がつり上がる。

「理緒、そこの軽薄な男には泥水でも飲ませておけ。もしくは英国のフィッシュ＆チップスの油でも集めてカップいっぱいに出してやればいい」

「や、泥水なんて飲んだらお腹壊しちゃいますよ……？」

「フィッシュ＆チップスの油も勘弁願いたいなあ。あの舌触りがトラウマになってるのはレオもだろう？」

　ユフィさんは羽根付き帽子を横に置き、ソファーに座っている。氷室教授はその向かいのソファーでトントントンッと神経質そうに指で肘置きを叩いていた。非常にご機嫌ナナメな時の癖だ。理緒が教授の分のティーカップも置くが目もくれない。

「だいたいお前たちはあんな時間にあんな場所で何をしていた？　私は理緒から些かも報告を受けていないぞ？」

「あー、えっとそれは……」

　言えない。こっそり懐中時計をもらうために食事していた、なんて言ったら、教授がどんな行動に出るかわからない。たぶんすでに感づかれてはいるだろうけど、わざわざ表沙汰にはしたくなかった。

「うーん、どうしようかなあ。下手な言い方をしてレオに誤解されたら理緒君に迷惑がかかってしまうし、だから……うん、そうだな」

ソファーの肘置きで頬杖をつき、目の前の教授を見据えると、ユフィさんは薄笑いでわざと挑発的に言う。

「ひ、み、つ、ってことにしておくよ」

「——っ」

カチーンッ、と教授の怒りメーターが振り切れたのがわかった。その瞳が一瞬で真紅に変わり、謎の圧力で部屋のあちこちからメキメキッと音が響き始める。体感だけど部屋の温度が二、三度上がったような気がした。

「いいだろう。お前とはいずれ決着をつけるべきだと考えていた。表に出ろ。理緒の主人が一体誰なのか、その身に教え込んでやる」

「わーっ、わーっ！　すみませんすみません！　ユフィさんが懐中時計をくれるって言うからホテルでご飯を食べてたんです！　もうしませんから怒らないで下さい。部屋が壊れます！」

立ち上がりかけた教授の腕に大慌てでしがみついた。正直に白状してもたぶんお怒りは収まらない。むしろ契約違反のことでさらに火に油になるかもしれない。だけどこのまま放っておいたら部屋が瓦礫の山になりそうだし、そうなったら片付ける羽目になるのはこちらである。

「と、とりあえずユフィさんから懐中時計をもらうのはやめときます！　今のところはやめときますから、落ち着いて下さいっ」

「懐中時計……くっ、やはりそういうことか」

思っていた通り、教授は気づいていたようだ。

「理緒、私の研究が成就すれば、懐中時計は与えてやると言ったはずだぞ？」

「そ、そうですけど、でも……っ」

教授と目が合った。考えていることが伝わってしまいそうで、目を逸らしたくなる。だけどここで引いたら何か負けてしまいそうな気がして、ぐっと堪えた。

結果、先に視線を逸らしたのは教授の方だった。明後日の方を向いて、ソファーに座り直す。

「まったく……眷属とはどうしてこう手が掛かるのだ」

眷属はやめて下さい、と言うより早く向かいのユフィさんが口を開く。

「自分のことを棚に上げるのはよくないな。君も結構なものだったろ、レオ？」

青い瞳が鋭く睨む。

「戯言はいい。二度と理緒を勝手に連れ出すな。次はないぞ」

「はいはい、わかったよ。まさかレオがこんな過保護になるとはねえ。兄弟の僕でも思わなかったよ」

「……余計なお世話だ」

教授はふてくされたように言い捨てる。理緒やリュカたちの前ではあまりしない表情だった。こういうところはやはり兄弟なのだろう。

テーブルに置いておいたお盆から自分の分のティーカップを取り、理緒は教授の隣に座る。するとユフィさんが切り出した。

「じゃあ、現状の話をしよう。どうやらこの街に僕とレオでも感知できない類(たぐい)のヴァンパイアが入り込んでるらしい。おそらく侵入したのは昨日今日の話だろう。長く潜伏していたのならさすがにレオが気づくはずだ。そうだね？」

「当然だ。私はコウモリたちを使い、常にあやかしたちの動向を探っている。監視範囲はコウモリたちの目が届く場所に限られるが、それでも長期間であれば見逃しはせん」

「だろうね。それにヴァンパイアは同族が近くにきたら感覚的にわかる。僕がこの街にきた時もレオは気づいていただろう？」

ユフィさんの視線は教授ではなく、こちらへ向けられていた。以前のことを思い出し、理緒は頷(うなず)く。

梅雨の頃、ユフィさんは教授と清一さんを再会させるため、色々と暗躍していた。教授はそうしたユフィさんの動きに気づいていたし、街にやってきた時期も具体的に把握していた気がする。ヴァンパイア同士が近くにいるとわかるというのは、そういうことなのだろう。

「だけど、今回は違った。犯人のヴァンパイアが街に入ってもレオは気づかず、僕もあんな距離に近づくまで気配を悟れなかった」

「何が言いたい？」

「犯人の目星はついてるってことさ」

音もなくユフィさんの分のティーカップがソーサーに置かれた。すぐには言葉は続かなかった。ユフィさんの瞳は波打つ紅茶の方へ注がれ、唇は閉じられていた。しかしゆっくりと瞼が閉じられ、ユフィさんは顔を上げる。

再び開いた瞳は氷室教授を真っ直ぐに見つめた。

「――イザベラだ。彼女がこの街に現れ、人間を襲ったんだ」

それは二人の『親』の名だった。理緒には意味がわからなかった。はっきりと聞いたことはないけれど、これまでのユフィさんの口ぶりからすると、イザベラさんはもう……。

理緒と同様の疑問を持ったかのように教授が口を開く。ただしひどく重々しく、一触即発の空気で、

「どういう意味だ？」

ビクッと理緒は震え、体を強張らせた。恐ろしいくらい本気の怒気を感じたからだ。温度が上がったように感じた先程とは逆に、教授の口調で部屋の温度が一気に冷え込んだように思えた。

「一度だけ釈明の機会を与えてやる。慎重に言葉を選べ。今の発言はどういう意味だ？」

「言葉通りの意味だよ。釈明も謝罪もしない。わかるだろう？　さすがの僕も彼女の件を冗談で持ちだしたりはしない。なんせ僕たち兄弟が袂を分かった直接のきっかけだしね」

氷室教授の視線は氷のように冷たかった。

私には兄弟など存在しない、と梅雨の頃に教授が何度も繰り返していたことを理緒は思い出す。清一さんのことがあって多少は和らいだけど、それまでは長年に亘って二人は不仲だったらしい。そのことは理緒もなんとなく聞いている。

「レオ、僕たち二人ともがヴァンパイアの侵入を感知できなかったのは明らかにおかしい。特殊な術を使っていた可能性はあるけど、それならなんの隠蔽もせずに人間を襲ったことに矛盾が生じる。だとすれば……考えられることは一つ。侵入者が僕らの『親』だという可能性だ。ヴァンパイアの主人は眷属に対して絶対的なアドバンテージを持つ。力量差はもちろん、彼女の意図によっては僕らに気づかれないようにすることなんて簡単だ。そして……」

ソファーには背中を預けず、ユフィさんはやや前屈みになって指を組む。言い淀んでいるような雰囲気だった。けれどしばらく間を置いた後、意を決するように言った。

「僕は犯人の気配を感じた。被害者の彼を見つける直前、闇が空から押し寄せるような圧倒的な気配を。忘れようもない。あれは……イザベラの気配だ」

その恐ろしい気配は確かに理緒も感じた。今まで遭遇したどんなあやかしよりも強く、まるで自分が大海に呑まれる枯れ木になってしまったような気さえした。

「幸か不幸か、僕と理緒君が気づいたのは、イザベラが人間を襲ってちょうど離れる時だったんだろう。でもその残滓はあの場に残っていた。レオ、君だって被害者の彼に触れた時、イザベラの気配を感じ取ったろう？　違うとは言わせないよ？」

「お前が言っていることは私にはただただ不可解だ。確かにあの場にはおかしな点があった。だがあの時、被害者の男に触れて私が感じた気配は……」

チラッと教授がこちらを見た。その視線の意味がわからず、理緒は「……？」と目を瞬く。

「……まあいい」

それだけつぶやき、教授は改めてユフィさんの方を見た。冷たく鋭い、射るような視線で告げる。

「イザベラはいない。この街に現れるはずがない。お前も知っての通り、彼女の身柄は英国の古城に安置している。もしもイザベラがこの夜空の下を自由に闊歩しているというのなら、私のこれまでの研究は――」

その瞬間だった。

異変が起きたのは、氷室教授が背にしているリビングのガラス戸。そこに映っていたはずの霧峰の街の夜景が一瞬にして闇に塗り潰された。まるで空から分厚い闇が降り注ぎ、世界が呑み込まれてしまったかのような光景だった。

「え？　え？　あ……っ」

外に異変が起きたのとほぼ同時、理緒は凄まじい寒気を感じた。鳥肌が立ち、全身が勝手に震えだす。

教授とユフィさんも即座にソファーから腰を浮かせていた。視線の先、ガラスの向こうの世界は闇に覆われている。正確には完全な黒ではなく、ところどころに血のような赤が交じっていた。

その正体に気づき、理緒は「うわ……」と声を漏らす。

コウモリだ。異常なほど大量のコウモリが窓の外を飛んでいる。氷室教授の黒いコウモリやユフィさんの白いコウモリのように、赤みを帯びたコウモリだった。

「な、何が……一体何が起きてるんですか⁉」

悲鳴じみた理緒の声が響く。震えが止まらない。これはあの男性を見つける直前に感じたのと同じ気配だ。でもあの時よりずっと濃く、そして重い。

理緒の問いに応える声は上がらなかった。ユフィさんは『やっぱりか……っ』という表情で唇を噛み締めている。そして氷室教授は、

「馬鹿な……」

目を見開いて立ち尽くしていた。

「ありえん……っ。こんなことがあり得るわけがない……っ！」

直後、頭のなかが誰かと繋がったような気がした。震えながら後退り、ほぼ無意識に言葉がこぼれた。

「あ、ああ……、来る……っ！」

ガラス戸が粉々に砕かれた。赤いコウモリたちが濁流のように侵入し、耳障りな羽音が鳴り響く。リビングの大型テレビや花瓶、壁際に飾ってある絵、理緒が毎朝支度をしているキッチンさえもコウモリたちに蹂躙されていく。

そんな群の中央が大海のように割れ、人影が現れた。

プラチナブロンドの髪がなびき、氷室教授が絶句した。

赤い鮮烈なドレスが揺れ、ユフィさんが俯いた。

血のような真紅の瞳に見据えられ、理緒は……つぶやく。

「イザベラさん……？」

知ってる。自分はこの人を知っている。初めて見るはずなのに本能的にそう思った。

「ようやく逢えましたね、我が愛し子よ」

天上の調べのような美しい声だった。イザベラさんは女王の如くコウモリたちを従え、両手を開いて近づいてくる。

「怯える必要はありません。これは必然、私の来訪はすべて定められたことなのです。あなたはただ喜びにむせび泣き、我が手に身を委ねればよい。さあ、いらっしゃい」

何を言っているのかわからない。イザベラさんはただ真っ直ぐにこちらに向かってきている。その直線上にはソファーがあったが、コウモリたちが一斉に群がって喰らい尽くし、彼女のための道を整えた。

そして氷室教授がどこか覚束ない足取りで前に立つ。

「イザベラ……なぜだ？　なぜここに……？　いやそもそもお前はあの時、『真祖』の儀式のせいで……っ。──なっ⁉」

「さあ、愛し子よ。こちらに」

イザベラさんが教授の横を素通りした。まるで眼中にないような足取りだった。ほとんど反射的に教授は振り返る。

「イザベラ！　私の話を聞いているのか⁉」

「──っ！　レオ、離れろ！」

「無礼者め、耳障りです」

白い腕が無造作に宙を薙ぐ。途端、まるで重力が何倍にもなったかのように凄まじい音を立てて教授が床に叩きつけられた。庇おうとしていたユフィさんは逆に弾き飛ばされ、壁際の本棚に激突。こちらも重力の檻に囚われたかのように壁に押し付けられる。

破れた本のページだけが紙片となって宙を舞い、コウモリたちがあざ笑うように羽音を響かせた。

「きょ、教授⁉ ユフィさん……っ⁉」

目の前で起こったことが信じられなかった。ユフィさんはもとより、氷室教授が誰かにやられるところなんて、ただの一度だって見たことがない。目の前の光景がショックで動けず、放心しているうちにイザベラさんが目の前にきた。

プラチナブロンドの髪の間から真紅の瞳が覗いている。

「名を聞きましょう。我が愛し子よ」

「え？ ぼ、僕……？」

「もちろんです。あなた以外、この場に誰がいますか？」

真紅の目には教授もユフィさんも映っていないようだった。見えてはいても、話す相手として認めていないのだ。二人は倒れたまま動けない。逆らうことはできなかった。

「り、理緒……。僕は理緒とい……ます」

「ふむ。りお……リオ……理緒。ああ、良い名ですね。私の贄となるのに相応しい」

「に、贄……⁉」

「そうです」

彼女の手が頬に触れた。ゾッとするほど冷たい手だった。まるで死体のように体温がない。

「肥沃な大地に育まれた、上質な血の匂い。二百年熟成させたワインでもこうはいかないでしょう。歓喜なさい、理緒。汝の命、汝の血のすべてを私に残さず献上する栄誉を与えましょう」

「な……っ」

形の良い鼻先を近づけ、妖艶なヴァンパイアは語る。

「理緒、目覚めてからというもの、私はずっとあなたのことを知覚していました。食欲をそそる素晴らしい血の香り。一体、どこに実った果実なのかと、千里を走る思いで捜しましたよ。ようやく見つけました。さあ、あなたも我が血肉となりなさい……」

艶やかな唇の奥、鋭い牙が姿を見せた。頬に添えられた手が理緒の首を無理やりに傾け、牙が近づいてくる。

「やめろ！」

床に突っ伏したまま、教授が叫ぶ。

「イザベラ、理緒は私の眷属だ！　お前にとっても血に連なる者となる……っ。子の眷属を奪うはヴァンパイアの恥、私にそう教えたのはお前のはずだろう⁉」

「ふむ？」

理緒の身からは手を離さず、イザベラさんが肩越しに振り返る。

「何か目障りな羽虫が飛んでいるかと思えば……ああ、同族ですか。知らぬ顔ですね。まだ成り立ての若鳥といったところでしょうか？」

「……っ!? わ、私のことがわからないのか!?」

「同族の若鳥よ、邪魔立ては遠慮願いますよ。食事は静かに慎（つつ）ましくあるべきです。それともまさかハイエナのように私の食べ残しを狙っているとでも？ ああ、いけませんね。だとすれば諦（あきら）めなさい。このような芳醇（ほうじゅん）な血を前にして、一滴すら無駄にするつもりは私にはありません」

空いた手を掲げ、イザベラさんは朗々と歌うように言う。

「人間たちは皆、私の愛し子。我が糧となる愛しい贄なのです。瑞々（みずみず）しく育った果実は大切に頂かなくてはなりません。若鳥よ、あなたもヴァンパイアならば自分の果実は自分で見つけだしなさい。それでもハイエナの如き目を我が果実に向けるというのならば──仕置きが必要かもしれませんね？」

イザベラさんの手がまた宙を薙いだ。途端、教授の周囲の床がさらに軋（きし）みを上げた。重力のような見えない圧力が増大し、教授が苦悶（くもん）の声を漏らす。その苦しそうな表情が理緒の心をかき乱した。

「教授……っ」

……怖い。今まで何度も危ない目に遭ってきた。怯えたし、震えたし、逃げだしたくなったことも一度や二度じゃない。それでも……これまでのどの瞬間よりも今が怖い。

あの氷室教授が窮地に立たされている。その姿を見ているだけで心が壊れそうなほど怖かった。

「理……緒……っ」

教授は床を掻きむしるようにして拳を握った。青い瞳は理緒を見つめ、同時にイザベラさんのことも視界に収め、両者の顔を見比べて、そして……辛そうに目を伏せた。

「私は……」

振り絞るような声だった。何か大きなことを嘆いているかのような声だった。

「私はこんな光景を望んでいたのではない……っ」

両目が見開かれ、青の瞳が真紅に変わる。重力を跳ね飛ばすような勢いで立ち上がり、教授は叫んだ。

「ユフィリア！　タイミングを合わせろ！」

次の瞬間、割れたガラス戸の向こうから大量のコウモリが流れ込んできた。その色は黒。氷室教授のコウモリだ。

壁際でユフィさんもまた瞳を真紅に輝かせる。

「わかってる！　相手がイザベラならこの方法しかない！」

間髪を容れず、白いコウモリもなだれ込む。高級マンションといえど、大学の大教室のような広さがあるわけじゃない。三種類のコウモリが入り乱れ、部屋のなかは嵐のような有様だった。

そのなかで教授とユフィさんが同時に手を振り下ろした。コウモリたちへ命令を下したのだとわかった。黒と白のコウモリがうねりとなってイザベラさんへ突撃していく。

「ほう？　成り立ての若者たちがこの私に牙を剝きますか」

意外そうに頰を緩ませるが、イザベラさんの姿はコウモリたちの大群にのまれ、一瞬で見えなくなった。手が離れ、理緒も解放される。すかさず教授が飛び込んできた。

「私に摑まれ！」

返事を待たず、抱え上げられた。視線は割れたガラス戸の方へ向けられている。そちらではユフィさんがハープを弾き、音色で赤いコウモリたちを霧散させていた。

「レオ、早く！　イザベラが本気になったら十秒も保たない……っ！」

「言われるまでもない！」

理緒を抱え、教授が駆け出す。え、まさかと思った。

「何をするんですか!?」

「撤退だ。状況が見えず、対策もない。何より相手が悪過ぎる」

床には様々なものが散らばっていた。ソファーの残骸、倒れた観葉植物、テレビの破片、いつも使っていたティーカップもあった。日常が壊れてしまったような気がした。

「大丈夫だ」

つぶやきはすぐそばから。

「心配するな、理緒」

「教授……」

ヴァンパイアの力を解放した氷室教授は床にどんな破片があっても傷つきはしない。理緒だけを抱え、すべてを踏みつけて駆けていく。

そしてユフィさんと共に、迷うことなくマンションの外へと飛び出した。地上十数階の高さだが問題はない。夏の夜の蒸した空気がぶわっと広がり、三人はヴァンパイアに強襲された部屋から脱出した――。

第三章　神を咲かせるリオ

夢をみていた。

おぼろげにこれが夢だと自覚しながら、理緒（りお）はかすかに違和感を覚えた。なんだか自分が自分じゃないような気がする。それにちゃんと体があった。最近の夢はずっと視界だけが浮遊しているようなものだったから意外だった。

ただ、格好がおかしい。ドレスを着ている。鮮烈な赤いドレスだ。

まさか、と気づく。自分が自分じゃない、と感じるはずだ。これは……イザベラさんの体だ。夢のなかで理緒はイザベラさんになっていた。

空は薄暗く曇っていて、地平線の向こうまで森が広がっているのが見える。その真ん中には大きな古い城が建っていた。イザベラさんは城内の塔へと続く、吹き抜けの空中廊下を歩いている。

「イザベラ！」

聞き慣れた声が響いた。しかし彼女は足を止めない。チラリと肩越しに振り向くと、氷室（ひむろ）教授――レオが駆けてきていた。その後ろには沈痛な表情のユフィもいた。

……まったく、兄弟には甘い子ですね。レオには黙っているように言ったのに。

理緒は、え、と驚いた。イザベラさんの考えていることがわかったから。まるで思考が溶け合っているような感覚があり、彼女の思いが手に取るように伝わってきた。

レオがこちらに追いついてきて言い募る。

「私は聞いていないぞ!? 儀式の内容がこんなに危険なものだと……なぜ黙っていた!?」

「言えばあなたは駄々をこねるでしょう?」

「駄々など……っ。反対はする。当然のことだ」

レオの言葉を聞く気はなかった。そんな段階はとうに過ぎている。

「ユフィ、あなたもレオと同意見ですか?」

「僕は……」

一瞬言い淀み、しかしユフィは答えた。哀しそうに目を逸らしながら。

「あなたが望むなら……好きにするといいと思う」

「ユフィリア、お前……っ!?」

レオが目を剝いて食って掛かった。胸倉を摑みそうな勢いだ。これで兄弟仲が悪くなってしまっては困るが……まあその時はその時だろう。兄弟であっても、永遠に共にいなければいけない道理もない。レオとユフィの場合は尚更だ。

二人を放っておいて塔のなかへ入る。最下層まで下りていき、さらにその奥の隠し部屋きまい。

へと進んだ。この古城もいずれは人間たちの目に留まる。しかしこの儀式の間には到達で

広い空間にはイザベラ自身の血を染料として描いた魔法陣がある。各所にハシバミの木をシンボルとして置き、十二星座を象った数々の宝石にはすでに術を仕込んであった。

そして魔法陣の前面には二つの宝石箱を用意してある。なかに収めてあるのは宝石ではなく、懐中時計だ。見立てでは一つで良さそうだが、一応、レオとユフィで二つ揃えた。

「その箱に入っている物は私からの餞別です。儀式が終わったら開けてみなさい。用途はユフィに話してあります」

追ってきたレオがまた声を荒らげる。

「だから話を聞け！　私はこの儀式に反対だ。なぜこんなことをする必要がある⁉」

軽くため息をつき、振り返る。

焦燥感を滲ませるレオ、ずっと哀しげな表情のユフィ、二人に告げる。

「『真祖』の謎を解き明かすためです」

淀みなく言葉を紡ぐ。

「ふと興味が湧いたのですよ。私も永劫に近い時を生きていますが、自らの祖については皆目見当がつかない。我々ヴァンパイアはゴーストのような実体なきモノではなく、妖精たちのような異界の存在でもない。かといって人狼のような突然変異の亜種とも違う。あ

れは狼が人間への変化を極めた末の存在ですから、もとはただの動物です。翻って我々ヴァンパイアは血を介して人間を眷属とし、世代を重ねてきた。ではその大本は如何なる存在だったのか？　今から研究しようにもすでに世界のどこにも痕跡はないでしょう。ならばどうすればいいか？　答えは一つ、私自身が『真祖』と同じモノになればいい」

いわゆる先祖還りというものだ。我が身を儀式によって還元し、『真祖』と同じ位置にたどり着く。そのための準備を進めてきた。

「レオ、あなたとユフィにはきちんと説明してあったはずですよ」

「目的が『真祖という存在』の解明だとは聞いていた。だが私はリスクについては何も説明を受けていない。この儀式でお前が、ヴァンパイアとしての『親』が――」

レオは唇を戦慄かせる。

「二度と戻らぬかもしれない、などとは聞いていない……っ！」

「だとしても」

『子』の泣き言には耳を貸さない。そうして――。

「私は『真祖』の謎を解明したい」

――嘘をついた。

この儀式は自らを『真祖』にするためのものではない。まったく別の意図がある。ユフィは気づいているかもしれないが、あえて口にすることはないだろう。そういう子だ。

逆にレオはきっと気づかない。愚直なこの子はずっと『親』の言葉を信じ続けてしまうだろう。だがそれでいい。その果てにいつか諦めてくれればいい。

……私がしてやれることなど、このくらいなのですから。

優しい嘘、などというものがあるとは思わない。嘘は嘘、純然たる偽りだ。だからこれはエゴ。まぎれもないエゴでロードの名を冠したヴァンパイアは命を散らす。

いつかあなたが哀しみを忘れて。

私のことなど忘れ去って。

眩い道を歩いていけるよう、心の底から願いながら――。


誰かに肩を揺さぶられていた。振動が穏やかに頭までたどり着き、理緒は目を覚ます。

「あれ？　えっと……」

瞼を開くと、大学の教室にいた。たぶん八号館の中教室。いつも外国語Aの講義できている場所だった。なんで僕はこんなところに……？

「理緒くん、起きた？　もう試験終わってるみたいよ？」

女子学生の先輩が席の隣に立ち、こちらを見下ろしていた。トレードマークのポニーテールはヘアアフックでまとめ、サマーニットのトップスを着ている。下はプリーツのロングスカート。氷室ゼミの先輩、雪女の沙雪さんだった。

　理緒はしばらくぼんやりと沙雪さんを眺めていたが、直後にはっと起き上がる。

「試験!? え、終わっ……終わっちゃったんですか!? そうか、僕、解き終わってから眠気が限界でそのまま……っ。わ、わーっ、どうしよう!? 必修科目の試験なのにーっ!」

「あー、落ち着け落ち着け、神崎。大丈夫だ」

　中教室の扉がガラリと開き、背の高い男子学生が入ってきた。シンプルなTシャツとパンツ姿。でも程よく鍛えた体には似合っている。沙雪さんと同じく氷室ゼミの先輩、広瀬さんだった。この後、野球サークルの練習があるのか、肩にはスポーツバッグを掛けている。

「神崎が寝てたから、この講義の先生に今確認してきた。解答欄はちゃんと埋まってたから回収してくれたってさ。点が取れてればちゃんと単位はもらえるぞ?」

「よ、良かったぁ……っ」

　その場にへたり込んでしまい、思わず広瀬さんにしがみつく。

「ありがとうございます、ありがとうございます、広瀬さんは命の恩人です」

「いやいや俺は何もしてないって。神崎がいつも真面目に講義を受けてたから、先生も情けを掛けてくれたんだってさ。お前の日頃の行いだよ」

「それより理緒くん、なんか今大変なんでしょ? 大丈夫?」

「あ、はい。今のところは……なんとか」

沙雪さんに言われ、我に返った。広瀬さんから離れてなんとなく佇む。見たところ、教室のなかには他の学生はいない。話しても大丈夫だろう。――イザベラさんのことを。

「とりあえず昼間のうちは大丈夫らしいです。おかげで僕も試験を受けにこられたんでほっとしてます」

昨夜、イザベラさんに強襲され、理緒は氷室教授とユフィさんに連れられて、マンションから飛び出した。地上十数階だったが難なく着地し、その後は夜通し逃げ続けた。イザベラさんはコウモリと共につかず離れずの距離で追ってくる。まるで狩りを愉しんでいるようだった。

しかしその追撃は唐突に終わりを告げた。夜明けが訪れ、太陽が東の空に昇り始める頃、赤いコウモリたちは突然、どこかへと飛び去った。イザベラさんの強大な気配もこちらが拍子抜けするほどあっさりと去っていった。

しばらく様子を見ていたが、イザベラさんが再びやってくる気配はない。それどころか彼女が教授のマンションに舞い戻り、ベッドで優雅に眠っていることをユフィさんのコウモリが確認した。

何がなんだかわからない。だけど彼女が再び動き出せば、ユフィさんがすぐに知らせてくれる。迷った末、理緒は教授と相談し、ほぼ徹夜の状態ながら大学にくることにした。

なんといっても今日から前期試験があって、ここを落とせば単位がもらえない。清一さんの一件があってから理緒は『何か大変なことがあっても学ぶことは諦めたくない』と常々思っている。その考えに教授が賛同してくれた形だ。

「氷室教授から連絡があって、だいたいのことは聞いてるわ。自分は学生たちの試験監督があるから理緒くんのそばにいてやってくれって言われて、広瀬と二人で様子を見にきたの。そしたら理緒くん、ひとりで寝ちゃってるし」

「あ、あはは……さすがにほぼ徹夜だったので」

「すごい複雑そうな寝顔してたわよ。よっぽど怖い夢をみたのね」

「夢……？」

ああ、確かにそれなら見た気がする。だけど内容が思い出せない。最近、いつもそうだ。すごく重要な内容だった気がするのに、起きるとすぐに忘れてしまう。

どんな夢だったっけ。なんとかして思い出せないかな……。

そんなことを考えていると、ふいに廊下の向こうから騒々しい足音が響いてきた。

「あーっ、いたいたいた！　理緒っ、氷室教授に聞いたぞ！　お前平気か、大丈夫か、血とかチューチュー吸われてねえか!?」

大慌てで教室に飛び込んできたのはリュカだった。広瀬さんと沙雪さんの間を駆けてくる。すると危うくぶつかりそうになり、沙雪さんがピキッと顔を引きつらせた。

「ちょっと！　危ないじゃないの、ちゃんと前見て理緒くんに突撃しなさいよ、このばかい――」

ばか犬、といつもの感じで言おうとした様子だった。沙雪さんとリュカはあまり仲が宜しくない……というのは以前のことで、実は沙雪さんはリュカのことがかなり気になっている。理緒はその相談を受けたことがあったので、とっさに沙雪さんが言葉を呑み込んだことに気がついた。

「ば……ば……リュ……リュ……リュカ」

絞り出すように言い直した。そう、沙雪さんはリュカのことをいつも『ばか犬』とか『あいつ』とか呼んでいた。今のはそこから一歩踏み出した瞬間だった。

理緒は思わず「わー……」と拍手する。沙雪さんの後ろでは広瀬さんも「おー」と拍手をしていた。広瀬さんも以前にふんわりと相談されていたので、沙雪さんの頑張りがわかったらしい。

「うん？　なんだ？　なんで理緒と広瀬がスタンディングオベーション？　なんか感動的な瞬間でもあったんか？」

意味がわかんねえ、という顔でリュカは首を傾げている。一方、沙雪さんは一仕事終えたとばかりに汗をぬぐい、『ざっとこんなもんよ』と言いたげなドヤ顔だった。

観衆たちは『これは先が長そうだ……』と思ったが、言うと怒られそうなので黙って拍手を捧げることにした。よくわからんけど、と一拍置き、リュカがこちらを向く。

「んで理緒、俺たちは何すりゃいい？」

「助けてくれるんですか？」

「当たり前だっつーの。氷室教授が言うには、今回はお前が狙われてるんだろ？　そんな
ん絶対放っておけるか。お前のためなら俺たちは何だってするぜ」

沙雪さんと広瀬さんも同時に大きく頷いてくれた。……嬉しい。

「……ありがとうございます」

自分はとても恵まれていると思った。

「今日、試験後に氷室教授たちと僕のアパートで対策を練る予定なんです。方針が決まっ
たら連絡します」

その後、理緒は三科目の試験を予定通りに受けた。リュカたちも試験があったのに万が
一のことがあるといけないからと、それぞれが空いている時間に教室のそばにいて、理緒
を見守ってくれた。三科目の試験が終わったところで氷室教授と合流し、リュカたちにお
礼を言って別れ、アパートへ向かう。

途中、正門を通ったところの並木道でスーツ姿のユフィさんも待っていて、三人でしば
らく歩き、やがてアパートに着いた。

明け方に筆記用具を取りに一度戻ってはいたのだけど、その時は教授たちはなかまで入

ってはこなかった。鍵を開けて玄関から入った途端、教授が愕然とした。

「なんだこの狭苦しい部屋は⁉　馬小屋か何かなのか……っ⁉」

「いやレオ、これはせいぜい犬小屋ってところじゃないかな。さすがにこんなところで飼育したら狭すぎて馬が病気になってしまうよ」

「失礼ですね⁉　ヴァンパイアの兄弟には遠慮ってものがないんですか⁉」

　日頃寝起きしている六畳間を馬鹿にされて、さすがに文句が口から飛び出た。

　部屋ではウールが待っていてくれていた。こちらの顔を見た途端、ぽーんっと胸に飛び込んでくる。

「大丈夫だったかっ？　ヤバい吸血鬼は襲ってこなかったか？　試験は百点取れたか？」

　朝に帰ってきた時にウールには詳しい事情を説明してある。ずっと心配してくれていたのだろう。申し訳ないと思いながら、もこもこの毛を抱き締める。

「はい、大丈夫です。百点かどうかはわかりませんけど、イザベラさんはきませんでしたし、大学ではリュカたちがずっとそばにいてくれましたから」

「でっかい奴が守っててくれたのか。じゃあ平気だな。あいつは信用できる。なかなかの親友っぷりだからおれも認めてるぞ」

「ウールのお墨付きですか？」

「そうだぞ。ま、りおの一番の親友はおれだけどな。でっかい奴は二番……はかわいそうだから、おれと同じくらいの親友にしてやってもいいぞ」

「あはは、リュカも喜びます」

ウールの柔らかい毛に頬をすり寄せる。お日様のいい匂いがした。

その後、テーブル代わりのちゃぶ台を出し、人数分の麦茶を淹れた。ウールの分は飲みやすいように小皿で置いてあげる。扇風機がまわるなか、ちゃぶ台を真ん中にして氷室教授、ユフィさん、理緒が座った。ウールはこちらの膝の上。さすがにこの人数だと手狭だけれど、こればっかりは仕方ない。

「よもや馬小屋のなかで腰を落ち着ける日がこようとはな……」

「犬小屋でのティータイムというのも味があるね」

「駄目だ、この人たち。根っからの貴族思考なんですね……」

「りお、がんばれ。おれは味方だぞっ」

ウールのもこもこな背中にあごを乗せ、はぁ……とため息。

そういえば以前にユフィさんが言っていたけど、人間だった頃の二人は実際に外国の貴族だったらしい。それぞれメイフェア家とウォールデン家という貴族の跡取りだったそうだ。その頃の考え方が染み付いているのかもしれない。しかしそうなると、

「イザベラさんも貴族だったんですか？」

ふと気になって尋ねた。彼女の『子』である二人はまた顔を見合わせる。いや正確には

視線だけを通わせた。口を開いたのは、ユフィさんの方。

「考えてみたら……イザベラの出自については僕たちもよく知らないね。僕らよりもずっと古い時代から生きていたヴァンパイアだし、あるいはイザベラ本人も人間の頃の自分がどこの誰だったかなんて覚えてないかもしれない。思い返してみると、三人でそんな話をした記憶もないしね」

話題がイザベラさんのことになったのがきっかけになったのか、ユフィさんはネクタイを緩めて話を切り出す。

「じゃあ、そろそろ本題といこうか。僕が話を進めるよ。レオ、いいかい？」

「……構わん」

短くて簡素な返答。一つ頷いて、ユフィさんは続ける。

「僕たちは昨晩、強大な力を持つヴァンパイアに襲われた。僕とレオの二人掛かりでも逃げるのが精いっぱいの相手、彼女の正体は……僕たちの『親』、イザベラ＝ロード＝アウラだった。レオ、異論はないね？」

「……この目で見てしまったからな。人違いや偽者という線もないだろう。姿、気配、実力、どれを取ってもあれは……イザベラ本人だった」

「現状、イザベラはレオのマンションから動いていない。このままずっと大人しくしてくれていたらいいけど……そう上手くはいかないだろうね。昨夜のことも考えると、最悪、夜にはまた動き出すかもしれない。そして彼女の狙いは——理緒君だ」

　はっきりと告げられ、無意識に息をのんだ。するとウールが前脚でさりげなく手に触れてくれた。その前脚を握り、気持ちをしっかりと保つ。

「僕の血が欲しい……ってイザベラさんは言ってましたね」

「ヴァンパイアとしては至極当然のことではあるんだ。僕からしても理緒君の血はとても魅力的だからね。レオが怒らないなら一口飲ませてもらいたいくらいさ」

　いつもなら教授が軽口に怒って口を挟んでくるところだった。でも無言。それがわかっていたのか、教授の方を見ることもなく、ユフィさんは軽く肩をすくめる。

「でも僕らの知っているイザベラはあんなふうに無理やり人間から血を奪おうとするようなことはしない。レオのこともわかっていないようだった。きっと僕に対しても同じだろう。つまり……」

「イザベラさんは何か普通じゃない状態ってことですか？」

「そういうことになる。いやそもそも……」

　一度、ユフィさんは言葉を止めた。どこか戸惑うような表情で目を伏せる。

「矛盾してるようだけど、僕は彼女が生きていること自体、まだ信じられない思いだよ」

「…………」

　無言のまま、教授のまわりの空気が重くなった気がした。普段の理緒なら口を開くのも躊躇(ためら)うような雰囲気だ。でも今はなぜか突き動かされるような衝動があった。

「教えて下さい。教授やユフィさん、そしてイザベラさんに昔に何があったのか」

強い気持ちを込めて尋ねた。自分が狙われているから……というより純粋に知りたいという気持ちがあった。自分でもなぜかはわからないけど、ちゃんと知らなきゃいけない気がした。

「そうだね、君には話すべきだ。もう呆(あき)れるほど遠い昔のことだけど……」

麦茶の入ったコップに視線を落とし、ユフィさんは語り出す。

ずっと昔、三人は旅をしていた。イザベラさん、ユフィさん、氷室教授の三人だ。街から街へ、時に邪悪な『人ならざるモノ』を懲らしめながら当てのない旅をしていた。

ある時、街ではなく人里離れた古城に住むことになった。イザベラさんは気まぐれで行動する人だったから、ユフィさんも教授もとくに不思議には思わなかった。彼女がある実験的な儀式をしたいと思いつき、その準備を始めた時も二人は文句も言わず手伝った。

「儀式、ですか……？」

「そう」

ユフィさんが頷き、言葉を続けようとしたところで、ふいに教授がぽつりと言った。

「『真祖』に至るための儀式だ」

「え、『真祖』？」

「そうさ」

理緒は目を丸くし、ユフィさんが話を引き継ぐ。教授の顔をチラリと見て、

「儀式を通して、イザベラは『真祖』と同じモノになろうとした。『真祖』の謎を解明するためにね。でも――失敗した」

数秒の沈黙が下りた。

窓の向こうからセミの声が鳴り響いている。暑さのせいではない汗が頬に流れた。

「失敗……」

「うん。失敗した。それが原因で彼女は……死んだんだ」

ヴァンパイアは不老不死だと言われている。何年経(た)っても歳(とし)は取らず、老衰などで死ぬことはない。ユフィさん自身、年老いて衰えたヴァンパイアなんて会ったことがなく、そもそも寿命という概念自体を意識することがほとんどないそうだ。

ただ、そんなヴァンパイアでも死ぬことはある。大昔は教会の人間が立ち向かってくることもあり、争いのなかで討伐されるヴァンパイアもいたそうだ。弱点の数々は迷信でしかないが、人間が様々な武器や道具、あるいは術を駆使することで、ヴァンパイアを死に追いやることはできたらしい。

つまりヴァンパイアも死ぬ。そしてイザベラさんも死んでしまった。儀式の失敗によって。

「彼女はこう考えたんだ。ヴァンパイアは人間に自らの血を与え、幾重にも世代を重ねてきた。だけど連綿と続く流れのなかで、どうしても雑味が生じてしまう。人間という弱い種を取り込むことで、ヴァンパイアの『原初の血』は薄れてしまっているはずだ。だから彼女は自身のなかから不純物を取り除き、ヴァンパイアが歴史のなかで獲得してきた外的な要素を儀式によってすべて排除することで、自分を『真祖』と同じレベルの『純粋なヴァンパイアの血の保持者』にしようとしたんだ」

しかし儀式は失敗。用意した魔法陣が発動し、彼女の一世一代の術が発動した後、そこには無残な遺体だけが残っていた。美しかったプラチナブロンドの髪は色を失い、肉体もほとんど原形を留めず、ミイラのような状態だったという。

「ヴァンパイアのミイラだなんて……笑い話にもならないよ。さすがの僕も……立ち尽くした」

ただ、危険は最初から想定していたらしい。それでもイザベラさんは断行し、ユフィさんは『あなたが望むなら』と賛成し、逆に教授は『なぜそこまでする⁉』と強硬に反対した。そして迎えたのは最悪の結末で、兄弟は袂を分かつことになった。

「…………」

理緒は黙って話を聞いていた。

何かが頭に引っ掛かっていた。なぜか『本当にそうなのかな？』という違和感が胸に渦巻いていた。だけど自分が何に対してそう思っているのか、上手く形にできない。

そしてユフィさんの次の言葉が理緒を現実に引き戻した。

「僕たちは城を出て、それぞれに旅立った。もう一緒にはいられず、別々にね。ただやっぱり気になって、僕はコウモリでレオの様子をずっと見ていたんだ。びっくりしたよ。なんせ彼は『真祖』の研究を始めたから」

「あっ」

教授の方を見る。あやかし調査をしている真の目的が『真祖』の謎を解明することだとは知っている。そのために教授が長年に亘って世界中を旅してきたことも聞いていた。

だけど、あくまですべては道楽だと教授は言っていた。ヴァンパイアは長い時を生きるからそういう道楽が必要なのだと。でも今のユフィさんの話を聞く限りは……。

「教授、もしかして……」

「…………」

無言だった。ユフィさんが横から「レオ」と名を呼ぶ。

「理緒君は君の眷属だろう？　こうしてイザベラのことで迷惑も掛けてしまっている。黙っていていいことではないよ」

「……わかっている」

ようやく教授は重い口を開く。

　どんな言葉が出てくるかはもう予想できた。この人は秘密主義で、いつも大事なことを話してくれない。言わなくていいことを言わないだけだ、と本人は言うけれど、理緒はそれでいつもヤキモキさせられる。だが今回は極めつきだった。

「『真祖』の謎を解明することで、いつかイザベラを助けられるのではないかと考えた。そのために私は『真祖』についての研究を始めたのだ……」

「……っ、言って下さいよーっ！」

　ちゃぶ台をひっくり返してやろうかと思った。麦茶が載ってるからやらないけど、それぐらいはしていいレベルだと思った。氷室教授は驚いた様子で珍しく目を瞬いている。

「な、なんだ？　どうした、理緒？」

「どうしたじゃありませんよ⁉　つまりあれですよね、教授は大切な人を助けたくて必死にあやかし研究をしてたってことですよね⁉　だったら最初からそう言って下さい！　言ってくれたら僕だってもう少し納得できました！　ウールのいた『髪絡みの森』に突撃させられたり、『呪いの書』を追うために図書館の窓から突き落とされたり、朧鬼の大群のなかをひとりで放っぽりだされたり、病院の骸骨を羽交い絞めにしろってけしかけられたりしてもそういう理由があるなら……いや考えてみたら理由関係なくひどいことさせられてますけど、それでもイザベラさんのために教授が必死になってるって知ってたらもう少し気持ちが違いました。そういう大事なことはちゃんと教えて下さい！」

「しかし……イザベラのことはお前には関係がないだろう？」

「そういうところ！　本っ当そういうところです！」

ぜーぜーと肩で息をする。こんなに勢いよくしゃべることなんてなかなかないから呼吸が整わない。すると見かねた様子でウールがよじよじとちゃぶ台に登り始めた。教授のところまでいって、その手をぺしっと叩く。

「こら、ひむろ」

「……今、私は羊に叱られたのか？」

「そうだぞ、叱られてるぞ。りおはお前のことを想って怒ってくれてるんだ。わかれ」

「……私を？」

驚いた様子で教授がこっちを見る。ジロッと睨み返したが、拗ねた子供のような表情になってしまっているかもしれない。誰かに怒るのは慣れてないから上手くいかなかった。

だけど教授は何かを感じ取ったように視線をさ迷わせた。ユフィさんが口を開く。

「レオ、君だってイザベラが何を考えているかわからない、っていつも不満そうにしてたじゃないか。そういうことだよ。あの時の君と同じことを理緒君は言っているんだ」

はっと気づいた表情。少し間を置いて教授は「……そういうことか」とつぶやいた。昔の自分と重ねるような、どこか遠い目でこちらを見る。

「……それならば私も覚えがある」

小さく咳払いし、教授はぎこちなく言った。

「……すまなかったな、理緒」

「別に……わかってくれればいいですけど。ただ、これからはもう少し考えていることを話して下さい。言ってくれないと僕もわかりませんから」

「善処しよう」

教授が頷くのを見て、ユフィさんは苦笑を浮かべた。そして話を戻す。

「実際のところ、今回の事態は僕らにもわからないことだらけなんだ。死んだはずのイザベラがなぜ生き返ったのか、そもそも生き返ったと言える状態なのか、それに一体どうしてこの街に現れたのか……僕らがいるからやってきた、と考えたいところだけど、彼女は僕とレオのことがわからないようだったから、それについても何とも言えない。正直、謎だらけだよ」

ユフィさんの言葉を受けて、教授がトントントンッと指でちゃぶ台を叩き始める。

「一応、補足しておくが、私はイザベラが死んだとは考えていない。確かに儀式に失敗した時点でイザベラは生命活動を停止していたが、あれは一種の仮死状態とも受け取れる。おそらくは『真祖』として不完全な状態なのだろう。ならば足りないなんらかの要素を与えることで完全な『真祖』となり、復活する可能性はあったはずだ」

「でもその未知の要素とやらは君が長年研究しても発見できなかったんだろう？」

　ユフィさんは構わず話を続ける。

「とにかくまずは方針を立てよう。一度動き出せば、イザベラはまた必ず理緒君を狙ってくる。僕とレオの二人掛かりでも次は守りきれるかわからない。だから僕としてはこの街を出て逃げることを提案するよ」

「逃げるって……どこまでですか？」

「地の果てまで、かな。それでも彼女から逃げきれる保証はないけど」

「でも明日も試験があるんです」

「私も学生たちの試験を監督せねばならん」

「もうそんなこと言ってる場合じゃないと思うんだけどなあ……」

　ユフィさんは呆れたように言う。

「一応、今朝はイザベラの居場所が確認できていたし、理緒君の心の平静のためにもと思って反対はしなかったけど、正直もう学び舎に通っていられるような状況じゃないよ。理緒君もわかってるはずだろう？」

「……すみません、これがワガママだっていうのはわかってるんです。だけど諦めたくないんです」

「ずっと体が弱くて、ようやく通えるようになった学び舎だからかい？」

「それは……」

　痛いところを突かれ、教授の指が動きを止めた。

困った顔で尋ねられた。ユフィさんに体のことを話したことはないけれど、コウモリを通してこちらのそういう事情も知っているんだろう。確かにやっと通えるようになった大学の大切な試験だからというのもある。だけどそれ以上に、

「僕は……ちゃんと生きて、ちゃんと学んで、最期に人生の積み重ねをちゃんと次の世代に伝えられるような人間になりたいんです。僕にその大切さを教えてくれた、清一さんみたいに」

氷室教授が小さく息をのんだ。理緒は真っ直ぐな眼差しで続ける。

「だから諦めたくないんです。危険なのも、それでユフィさんや教授に迷惑を掛けちゃうってこともわかってるんですが、でも、だけど……っ」

「わかった」

静かに、だが力強くそう言ったのは、氷室教授だった。

「お前の望みは主人たる私が叶える」

その断言に対して、ユフィさんが値踏みするような視線を向けた。

「どうやってだい？」

「私がイザベラと話をつける」

「レオ……」

聞き分けのない弟に接するように、ユフィさんは首を振った。

「それができるなら昨夜のうちにこの問題は解決してるよ。彼女は理緒君の血を飲むことしか考えてない。僕らが自分の『子』だと認識もしていない。この状態でどうやって話をつける？」

「だろうな。僕には君が八つ裂きにされる姿が簡単に想像できるよ」

瞳に強い感情を込め、教授は言う。

「イザベラは一度敵として認識した相手には容赦がない。だがそれでも」

「イザベラは私の『親』で、理緒は私の『子』だ。これは私が為すべきことだろう」

「……なるほどね。やっぱり僕たち兄弟は意見が合わないなあ」

「ユフィリア、ならばお前はどう考えている？」

「そうだね、立場は明確にしておかないといけない」

小さくため息をつき、すっと背筋を伸ばす。ユフィさんは教授を正面から見据えた。まるで対立するような空気で言う。

「僕はイザベラを討伐するべきだと考えている。他ならぬ僕とレオ、二人の手でね」

「な……っ」

教授は虚を衝かれ、理緒もとっさに意味がわからなかった。

ユフィさんは身内に対して過剰なほど情に厚い。教授を清一さんに再会させるために平然とこの街で騒ぎを起こすような人だ。だからこんなことを言うと思わなかった。自分の大切な『親』であるイザベラさんを討伐するだなんて。

「しょうがないだろ。だって僕らは……彼女の『子』だ。責任は僕らが取ってあげなきゃいけないよ」

眉を寄せ、ユフィさんはひどく哀しそうに笑った。

「……もう遠いあの日、僕らは彼女からヴァンパイアの生き方を教えてもらった。覚えてるかい？　『我らは頂点に君臨するもの。ゆえに最も脆弱な人間たちを守ってやりましょう』って、そう僕らに教えたのはイザベラだ。その彼女が人間を襲い、グールにまで貶めた。そして今度は理緒君も手に掛けようとしている。だから僕らが討伐するべきだ。彼女を本当に想うなら……僕らが幕を引かなきゃいけない」

それは情が厚いからこその覚悟だった。ユフィさんははっきりと言い切り、ちゃぶ台の上のコップに手を伸ばした。麦茶を飲み干し、静かに言う。

「理緒君をできるだけ遠くに逃がした後、命懸けでイザベラに挑む。それが僕の提案する方針だよ」

対話と討伐。ヴァンパイアの兄弟の方針は完全に分かれていた。

沈黙が降り、その隙間を縫うようにユフィさんはスーツの胸ポケットに手を伸ばす。

「理緒君、今のうちにこれを。色々あって渡しそびれていたからね」

差し出されたのは、ユフィさんの懐中時計だった。それを目にした途端、頭のなかで何かが繋がりかけた。さっきからずっと引っ掛かっている感覚がおぼろげに輪郭を表したような気がする。

「あの……」

懐中時計を受け取ると、自然に言葉がこぼれた。

「イザベラさんは本当に『真祖』になろうとしてたんでしょうか？」

「え？」

「どういう意味だ？」

「あ、いえ……」

二人から不思議そうな顔をされ、言い淀んだ。でも胸に湧いてきた疑問は消えない。

「なんとなくそんな気がするだけなんですけど、本当は違うんじゃないかなって……イザベラさんがやった儀式は『真祖』に関わるものじゃなくて、まったく別のものだったような……そんな気がして」

しどろもどろになってしまい、助けを求めるように視線を向ける。

「ユフィさんはどう思いますか？」

「どうして僕に聞くんだい？」

「や、なんか……」

しゃべっているうちにどんどん自信がなくなってきて、小声になってしまった。

「ユフィさんなら何か気づいている気がして……そういう子なので」

「そういう子？」

「あっ、いや……」

　さらっと失礼なことを言ってしまった。慌てて謝ろうとしたけれど、ユフィさんはこちらをじっと見て思案している。そしてやおら隣の教授の方を向く。

「レオ、最近の理緒君に変わったところはないかな？　彼については僕より君の方が詳しいだろう？　イザベラが現れる前後で何か違和感はなかったかい？」

「違和感だと？　そんなものは……いや待て」

　ちゃぶ台の上の指先が再びトントンと動き出した。

「確かによく考えればあれは早過ぎる。理緒、マンションでイザベラが現れる直前、お前は言っていたな？　来る、と」

「え、言ってましたっけ？　そんなこと……」

「確かに言っていた。それは——猫鬼(みょうき)が言っていたのと同じ言葉だ」

「猫鬼、ですか？　……あ」

　来る。理緒を守ってあげて。

　峰野町(みねのちょう)の『いなき猫』の騒ぎを解決した時のことだ。『宝石光のランタン』によって見つけた猫鬼は青と黄色の光のなかで、確かにそう言っていた。

　思い返してみると、イザベラさんのコウモリがマンションの窓を覆い尽くした時、なんとなく自分もそうつぶやいたような気がする。──来る、と。

「もしかして猫鬼が言っていたのは……」

「イザベラという脅威の来訪を告げていたのだろうな。だがそれにしても早過ぎる」

思考の加速を表すように指の動きも速くなっていく。

「猫鬼はなぜそれほど早い段階でイザベラに気づけた？『いなき猫』の噂が広まったタイミングから考えれば数日……いや数週間近く前には脅威を感知していたことになる。これは明らかにおかしい」

「おかしいって……えっと、どういうことですか？」

「おそらくはイザベラの来訪に猫鬼も関係しているということだ」

「猫鬼が？　や、待って下さい。でも猫鬼はずっと僕に取り憑いてたんですよね？　それも十八年もの長い間です。それが……今現れたイザベラさんとどう関係するんですか？」

「正確には猫鬼ではない。その背後にいる存在だ」

「背後にいる存在……？」

「言ったろう？　猫鬼は術者によって使役される。十八年前、生まれたばかりのお前を守護するよう、猫鬼に命じた者がいる」

「あ……」

あまりに突拍子もなくて深く考えていなかったけど、確かに教授はそう言っていた。

「手掛かりはあるのかい？」

ユフィさんが横から教授に尋ねる。

「ある。——神崎家だ」

それは完全に予想外の単語だった。ワケがわからず、茫然（ぼうぜん）としてしまう。

「僕の……実家？」

「そうだ。お前の血筋たる神崎家だ。ただし、まだ確信の持てる段階ではない」

突然、教授は勢いよく立ち上がった。

「いくぞ、理緒。支度をしろ」

「え？　え？　いくってどこにですか？」

「決まっているだろう？」

スーツのジャケットをなびかせ、教授は意気揚々と歩きだす。

「あやかし調査だ。霧峰（きりみね）の土地にまつわる謎は、すべてこの私が解き明かす」

条件反射とは恐ろしいと思った。まだ何がなんだかわからないのに、調査と言われて反射的にこっちも立ち上がってしまった。受け取った懐中時計をポケットにしまい、教授の背中を追うと、ウールが「おれもいくぞっ」とジャンプ。ポンッと煙を上げて小さくなり、肩に飛び乗ってくる。

そして教授は肩越しにユフィさんを振り返った。

「しばし時間をもらうぞ。おそらく理緒はまだ繋がっている。上手く事が運べば……イザベラを正常な状態に戻せるかもしれん」

「らしいね。どうやら鍵は理緒君のようだ。……じゃあ、こうしよう」

やれやれ、と言いながらユフィさんも立ち上がる。

「おそらく夜にはイザベラが動き出す。それまでに彼女と意思疎通できるようになれば対話、間に合わなければ討伐だ。いいね？」

「構わん。私も責任を放棄するつもりはない」

いくぞ、と促され、アパートを出た。理緒は教授に連れられて調査へと向かう。


時刻は午後四時。冬ならもう夕暮れが始まる頃合いだが、陽射しはまだまだ明るく、セミたちの合唱が響いている。

目の前には大きな赤い鳥居があった。石畳できれいに舗装された地面の先には、古式ゆかしい社がある。ここは霧峰神社。街のなかでも一番大きく、大晦日や初詣には参拝客が数多く集まる場所だった。

今は夏場で、しかも蒸し暑い時間帯なので、参拝客はおろか関係者の姿もない。滝のように流れてくる汗をぬぐい、理緒は尋ねる。

「ここって神社ですよね？　なんでこんなところに……？　なんか僕の実家がどうのって話だった気がするんですけど」

「精確な研究には地盤固めが肝要だ。まずは一次史料に当たる必要がある」

暑さで理緒とポケットのなかのウールはややぐったりしているが、氷室教授は相変わらず汗一つかいていない。陽射しのなかでもスーツを着こなし、足早に社務所へ向かう。

霧峰の郷土史研究のために史料を見せてほしい、と教授がお願いすると、神主さんが奥から出てきてすぐに許可してくれた。

「ああ、霧峰大学の教授さんですか。どうぞどうぞ、宝物殿にご案内しましょう」

通されたのは鈍色（にびいろ）の屋根の付いた、年代物の建物。広さは中教室が二つは入りそうなほどあり、木造の棚にぎっしりと古書や史料が詰まっていた。床には宝箱のような紋入りの木箱や祭事道具のようなものも置かれている。

「よし、早速捜索を開始するぞ」

神主さんが「自由に見ていって下さい」と言って出ていくと、教授は木枠の窓を開けながらそう言った。

「史料の選定は私の方でする。お前はコウモリが示したものを私のところに運んでこい」

「え？　コウモリ？　っていうか、何を探すんですか……あ、ちょっ!?」

止める間もなく、教授がパチンッと指を鳴らした。途端、大量のコウモリが窓から飛び込んできた。

「神聖な神社で何やってんですかーっ!?」

「神聖な神社にヴァンパイアを招き入れた結果だ。神社側の自己責任と言えるだろう」

「言えません！　まったくもって言えません！　うわーっ、なんかコウモリたちが勝手に本を開いたり覗いたりしてるんですけど!?　いいんですかこれ!?」

最初、コウモリたちは普通の姿をしていたが、窓から入った拍子にポンポンポンッと煙を上げて、ファンシーなぬいぐるみのような姿になった。きゅーきゅー鳴きながら可愛い羽で器用に本を開き、史料を読み込んでいる。

「史料を一つ一つ丹念に当たっている暇はない。これが最も効率的な方法だ」

「そ、それはそうかもしれませんけど……」

「じごくえず、って奴だな……」

ウールと二人で呆然としてしまう。歴史と威厳のある宝物殿のなかをファンシーなコウモリたちが好き勝手に飛び回っている。まさしく地獄絵図だ。

でも確かに夜まで時間がない。理緒はコウモリからきゅーきゅーと史料を教えられ、それを教授の前に積み上げていく。

「そういえばあの神主さん、すごくあっさりここを見せてくれましたね。宝物殿なんて大切そうな場所なのに……」

「正しくは神主ではなく、彼は宮司だ。大学機関における歴史関係学部の多くは地域の神社仏閣や博物館、郷土関連施設と連携している。霧峰大学もその例には漏れん。日本民俗学科や日本史学科は宮司と懇意で、この宝物殿にも何度か歴史調査に入っているからな。大学の名を出せば宮司が断る理由はない。……まあ、私の海外民俗学科は今まで歴史調査の集いには不参加だったが」

あれ？　と不思議に思った。あやかし調査をしている氷室教授ならこういう場所は真っ先に調べそうなのに。もちろん教授の担当は海外民俗学なので大学側からしたら畑違いなのかもしれないけど、それこそ関係者の記憶をいじったりして参加しそうな気がする。

「教授はこの宝物殿に興味がなかったんですか？」

「ないわけがないだろう。これらの史料は霧峰の土地のあやかし研究に有益なものばかりだ。しかしここは……霧峰北病院に近かったからな」

「ああ……」

霧峰北病院というのは清一さんが長年入院していた場所だ。再会を拒んでいた教授はずっと霧峰北病院には寄りつかないようにしていた。この神社は病院に近いので、やはり足が遠のいていたのだろう。

「そういえば初めて会った時、清一さん言ってました。霧峰神社のお守りはよく効くって話だから骸骨を怖がってる友達のために買いにいこうかなって」

「……清一らしいな」

古書に目を落としたまま、教授はかすかに笑みを浮かべる。

「清一の論文については覚えているか？」

「あ、はい。もちろん」

四十年前、清一さんは霧峰の土地のあやかしについて論文を書いた。当時の学会に認めてもらうことはできなかったけど、その論文は今も氷室教授の研究室に保管されている。

「清一の論文のなかに『かつて霧峰の土地で祭祀を司っていた一族』の記述がある」

「祭祀を司っていた一族？」

教授曰く、論文の主題はあくまであやかしなので、その一族については参考程度にしか書かれていなかったらしい。論文の参考元がこの霧峰神社に残されていた古書史料なので急いで確認しにきたのだという。

「一本の論文には数多の参考史料が存在する。精読する際にはそれらの一次史料、二次史料、三次史料に丹念に当たることが重要だ。なかには思わぬ発見に繋がることもある」

そう話していた教授の手が突然、ピタリと止まった。開かれていたのは紐で結われた古めかしい本。「これだな」と鋭い声が響く。

理緒とウール、それに付近を飛んでいたコウモリたちも一緒になって覗き込んだ。筆書きの文字は達筆さと古さでまったく読めない。でも教授は難なく解読していく。

「古来、霧峰には神楽にて雨を呼び、湯立を用いて土地を清める神女がいた。その働きによって魑魅魍魎の類は霧峰から退き、民は安寧のなかにあった……と。ふむ、どうやら過去の宮司が神社に伝わっていた話を書き記したものらしいな」

「この神女っていうのは……？」

「神女、転じて現代でいう『巫女』のことだ」

文字を目で追いながら教授は言う。

「名称こそ様々だが、この国には北から南の多くの土地に『巫女』として神事に関わっていた者たちがいる。有名どころでは東北のイタコがまず挙げられるだろう。また越後のマンニチ、佐渡のアリマサ、北関東のオオユミ、南九州のネーシ、沖縄のムヌチなど枚挙に暇がない。そしてこの古書によれば、霧峰にも同様に『巫女』が存在し、それは——」

指先が本の一か所を指差した。

「——リオ、と呼ばれていたようだ」

「え……っ」

「りおって、りおのことか⁉」

ウールの問いかけに教授は視線を本に向けたまま、「慌てるな」と返す。

「霧峰の土地は昔からあやかしが集まりやすい霊場だ。そうした土地には自然に管理者が生まれる。現在では私がその役を担っているが、過去にはこのリオの一族が霧峰神社と結託し、土地を守っていたのだろう。なかなかの大仕事だとは思うが……海外民俗学の知見から語るなら、世界には土地の神事に携わる者――シャーマンが様々にいる。なかでもこの国の『巫女』の力は別格と言っていい。雨乞いのような天候操作からイタコの口寄せのような死者の代弁まで行い、悪鬼を祓う除霊や、夢を通した千里眼まで可能とする。守護者という一点に特化するならば、ヴァンパイアの私が行っている土地の管理をこの国の『巫女』が行うことも十分に可能だろう」

「あ、あのっ、『巫女』の説明はいいですから、そのリオっていうのは……っ」

「落ち着け。今、解読している。……ああ、ここだな」

　すっと青い瞳が細められた。

「リオの力は修練などではなく、生まれながらに発揮されるもののようだな。力ある者は誕生した瞬間に巫病を患い、それを確認することで宮司が才覚を判断する。巫病とはシャーマンが患う心身の異常のことだ。トランス状態で己を傷つけて神託を受けるシャーマンの姿は物語や映像作品でお前も覚えがあるだろう。ある種のシャーマンは心身の苦痛のなかで神仏の声を聞く。慢性的な巫病に冒された者は常にその状態にあると言えるわけだ。どうやらリオもそうした特徴を持つようだな。つまり霧峰のリオは生まれながらに病弱な体を持つということだ」

「…………」

言葉が出なかった。混乱しそうな頭でなんとか口を開く。

「それってもしかして……猫鬼が取り憑く、みたいなことですか？」

「可能性は高い。霊的な力の強い赤子は邪悪なあやかしにとって格好の獲物になる。おそらく猫鬼は遥か昔から一族に使役され、リオの資格を持つ赤子が生まれると、率先して取り憑き、体を弱らせることで邪悪なあやかしから守護していたのだろう」

「あっ、そういえばあの猫、りおを守ることを『約束』って言ってたな……っ」

「古からの命令を約束と称して順守していたのだろうな」

そして、と教授は古書を向け、こちらの視線を促す。

「決定的な記述はここだ。便宜上、私はリオの一族と称していたが、リオとはあくまで『巫女』のことだ。この一族にはきちんと別の正式な名がある。見ろ、ここだ。『巫女』が転じた『神女』、その任を受け継いできた一族は『神』の一字を冠して――」

達筆で古めかしい文字だったが、かろうじて読み取れた。否、読み取れてしまった。

氷室教授は告げた。一切の遠慮なく、はっきりと。

「――神崎と呼ばれている」

実家には帰りたくない、とはもう言えない状況になってしまった。

午後五時半過ぎ。宮司さんにお礼を言って霧峰神社を後にし、理緒は教授に連れられて今度は峰野町にやってきた。猫鬼の一件の時と同じ道を通り、実家がどんどん近づいてくる。変な汗が止まらない。色んな緊張でおかしくなってしまいそうだった。

「あの、教授、ウチにいくのはいいです。僕ももうしょうがないと思います。でもいったとしても何もないですよ？　ただの一軒家ですし、ただの普通の家族ですから」

「以前もお前はそんなことを言っていたが、いざ着けば、お前の生家には猫鬼がいた。そうだろう？」

「……っ。で、ですけど……っ」

「理緒」

長い脚で颯爽と歩きながら、教授が視線を向けてくる。

「お前はかつてこの霧峰を守護していた神崎家の末裔だ。これは事実だ。まずは受け入れろ。十八年間、猫鬼が取り憑いていたのが何よりの証拠だ」

「猫鬼のことは僕も受け入れてます。でもいきなり末裔だなんて言われても……正直、ピンときません」

「まあ、無理もない。だが覚悟を決めろ。黒幕の正体はすぐそこだ」

「黒幕って……っ」

イザベラさんがこの土地に現れたことについて、教授は猫鬼の飼い主が関係していると言っていた。

「まさかウチの両親が何かしたとか思ってるんですか!? ありえません、父も母もあやかしとは無関係な人たちです!」

「それを確認しにいくのだ。——着いたぞ」

気づけば、すでに玄関だった。止める間もなく教授がインターホンを押してしまう。もう逃げられない。程なくしてインターホンから母の声が聞こえてきた。

「はい、どちらさまでしょうか?」

「あ、あの、お母さん……」

おっかなびっくり声を絞り出す。すると横から教授が割って入ってきた。

「初めまして、私は霧峰大学で理緒君のゼミの担当をしております、レオーネ＝L＝メイフェア＝氷室と申します。突然、申し訳ありません。本日は恐縮ながらご両親様にお願いがございまして、理緒君と伺いました」

「えっ」

思わずぐりんっと横を見てしまった。教授が敬語だった。笑顔がキラキラしていた。キャンパス内でも一応、教授然とした猫を被って(かぶ)いるけど、その百万倍ぐらい分厚い猫だった。猫鬼が教授に取り憑いて具合が悪くなったんじゃないか、と本気で思った。

啞然(あぜん)としているうちに玄関の扉が開き、母が顔を出す。

「理緒……？」

「あ……お母さん」

いきなりの帰宅に母と子の間には微妙な空気が流れ、そのなかで氷室教授だけがキラキラと笑みを浮かべている。

立ち話をしているわけにもいかないので、家のなかに入った。エアコンの効いたリビングにはモモがいて、ソファーの上から『あら、家出息子だわ。ま、どうでもいいけど。今日のご飯は何かしら』という顔で毛づくろいをしていた。ウールに通訳してもらわなくてもなんとなくわかってしまうのが哀しい。

仕事が夏休みらしく、リビングには父もいた。理緒はどちらかといえば、父に顔立ちが似ている。全体的に色素が薄く、物腰も柔らかくて、夏の陽射しなどはあまり似合わない人だ。

目が合うと、父は「久しぶりだね。体調は大丈夫かい？」と聞いてきた。理緒は「……はい、問題ないです」と答え、教授に『他人行儀な会話だな』という顔をされた。でもずっとこうなのだからしょうがない。いきなり帰ってきたりして、きっと迷惑だったと思う。正直、居たたまれない。

リビングのテーブルに座ると、母が人数分の麦茶を持ってきてくれた。理緒のアパートにある麦茶と同じ味。母は年齢よりも若く見えるけど、いつも困ったような顔をしている人だった。その困り顔をさせているのが自分だと理緒は知っている。

父と母が並んで座り、その向かいに教授と理緒。会話は気味が悪いほどにこやかな教授を中心に進んだ。

「今、お話しした通り、私は海外民俗学の教鞭を執っているのですが、個人的にこの街の郷土史にとても興味がありまして、プライベートで研究をしているのです。ゼミで話している折に理緒君のご自宅にとても興味深い史料があるとお聞きし、ぜひ拝見できないかと」

「貴重な史料ですか……何かあったかな。屋根裏に私の父が保管していた家系図などはあった気がしますが……そのことかな、理緒？」

「え、あ、いえ……っ」

ウチに史料があるだなんて、たぶん教授の口から出まかせだ。しどろもどろになっていると、教授が頷いた。

「それです。神崎家はこの土地において由緒ある家柄かと思いますが、お父様はそのことはご存じで？」

「由緒ある家柄だなんてそんな……我が家はただの一般家庭ですよ。私の父――理緒の祖父も晩年の趣味で家系図や古い本の整理などをしていましたが、何か他人様と変わるところはないと思います」

「ふむ、なるほど……」

教授の目は何かを探っているようだった。でも理緒からすれば父の様子におかしなところなんて何もない。家族の贔屓目ではなく、何度か危険なあやかしに遭遇した経験からしても、異常なんてどこにも感じなかった。

なるほど、と教授がまたつぶやく。そしてチラリとこちらを見た。結論が出た、という顔だった。

「屋根裏の史料を見せて頂いてもよろしいですか？」

「ええ、構いませんよ。理緒、案内して差し上げなさい」

教授と父が腰を上げ、理緒も椅子から立ち上がる。するとそれまで黙っていた母が声を上げた。

「あの……っ」

上擦った声のトーンが誰かに似ている気がした。一拍遅れて自分に似ているんだと気づく。言いたいことがあるけど言えなくて、でも勇気を出さなきゃと思って、必死に口を開く——そんな時の理緒とそっくりだった。

「理緒は大学で上手くやれてるでしょうか……？　その、勉強とか……お、お友達とか」

母の目は不安に揺れていた。こんな質問をしたら理緒が傷つくんじゃないか、何も言わずにいるのが正しいんじゃないか、それでも心配で、あまりに心配で……と、そうした色

んな気持ちが複雑に交ざった目だった。そんな母の姿を氷室教授は、

「…………」

ただ黙って見つめていた。

モモがソファーから飛び降りて体がカーテンに触れる。するとレース越しの陽射しが差し込み、教授と母の間で光がふわりと揺れた。

照らされたブロンドが輝き、教授はわずかに俯いた。しかし、やがて我に返ったように座り直す。

「理緒君は非常に優秀な学生です。私の氷室ゼミのなかでも彼ほど勉学に真摯な学生はいません。私の研究にも大いに力添えをしてくれています。それに……」

ふっと教授は笑った。猫を被ったものではなく、本当の笑みだった。

「彼は友人にも恵まれています」

「ほ、本当ですか？」

「ええ。先日、彼の友人たちが『自分こそ理緒の親友だ』と言って、彼を取り合う場面に遭遇しました」

ポケットのなかでウールが『おれとでっかい奴のことだなっ』と言いたげにもぞもぞした。

「安心して下さい、お母さん。彼はよく学び、良き友を得て、立派に今を生きています」

氷室教授がこんなふうに言ってくれるなんて思わなかった。理緒は驚き半分に教授の方を見て、次の瞬間、さらなる驚きに目を見開いた。

母が泣いていた。手のひらで顔を覆い、目じりから大粒の涙をこぼしていた。父もその肩に触れ、目を潤ませている。

「……良かった」

瞬間、理緒は気づいた。生まれてからずっと体が弱く、迷惑を掛け続けていたけど……それ以上に心配を掛けていて、両親は自分のことを想ってくれていたんだと。そんな当たり前のことに今さら気づいた。

唇が震える。震えながら口を開く。母と同じように。

「僕は……」

いつも敬語で話すのが癖だった。

そうやって誰からも、両親からも距離を取っていた。

「もう……」

今なら自然に言える気がした。

「大丈夫だよ。今、毎日がすごく楽しいんだ」

笑ってそう報告することができた。両親の目からさらに涙が流れ、泣いて喜んでくれた。

理緒も気づけば泣いていて、床のモモが足元にやってきて、にゃあ、と鳴く。『ふん、やっとか。家出息子』と言っているようだった。

それから少しして。

理緒は教授と二階に移動した。折り畳みのはしごで屋根裏にいき、昔の史料を探す。

「……やっぱり夏休みはここに帰ってくることにします」

「ああ、それがいいだろう」

段ボール箱の中身を吟味しながら、教授は頷く。

そしてぽつりとこぼすように言った。

「……良い母だな。お前の父もだが、お前のことを深く想っているようだ」

ひどく淋しそうな声に聞こえて「教授？」と顔を見る。しかしふっと背けられてしまった。なんだか様子がおかしいように思える。

「どうかしたんですか……？」

「何がだ？」

「いえ……なんか両親と話してる時の教授、変でしたし。以前は『主人として挨拶する』とか言ってたのに、ちゃんと大学教授らしくしてくれてましたし……」

「ああしておけば、お前の心がざわつくこともないのだろう？」

ちょっと驚いた。どうやら教授は理緒が困らないように配慮してくれたらしい。

「それにお前の両親が黒幕ではないという確信も得られたからな」

「えっ」

「これだ」

手渡されたのはひどく古めかしい本。霧峰神社の宝物殿にあったものと負けず劣らずの年代物だった。色褪せていて紙の端はあちこち切れてしまっている。博物館か何かに飾れていても不思議じゃないような本だった。

「こんなものがウチの屋根裏に……？」

「驚くほどのことではない。民俗学の世界では貴重な郷土史料が一般家庭から発見されることが多々ある。この国の人間は古い世代ほど物持ちがいい。何世代かに亘って古書や美術品を保管していれば、それだけで貴重な史料になる」

教授は巻物のようなものを掲げ、苦笑する。

「ただ、こちらの家系図は偽物だな。たどってみたところ、お前の先祖に徳川将軍や織田信長、それに聖徳太子がいることになっている。おそらくお前の先祖の誰かが遊び半分で書いたのだろう」

「何をしてるんでしょうか、僕のご先祖様は……」

「玉石混淆なのも一般家庭から発見される史料の特徴だ。しかしお前に手渡した方は本物だぞ。……あっ。見てみろ」

「……あっ」

霧峰神社の古書のように古い字体だけど、かろうじて読める。開いた本のなかに『猫鬼召し喚びし陣法』と書かれていた。その横には魔法陣のような図と注釈もある。

「教授、これって……っ」

「神崎家の『神女』であるリオの術を記した書だな。霧峰神社の古書は神社側の視点で書かれたものだったが、こちらは神崎家自身が残したものだ」

「じゃあ、本当に……」

自分は末裔のようなものらしい。生まれた時から弱かった体、取り憑いていた猫鬼、霧峰神社の古書、そして屋根裏で見つけたこの本、すべてが指し示していた。

「動揺しているようだが、それほどのことではないぞ。お前の身の上に起きたことは、一般家庭から貴重な史料が見つかることと大差はない」

教授の言葉に理緒は目を瞬く。

「そうでしょうか……？　屋根裏から古書が出てくるのとは違うと思いますけど……」

「たとえば家系図で考えてみるといい」

偽物と言われた家系図が開かれ、樹木のように長く延びる絵図を見せられる。

「私たちヴァンパイアは単体で悠久の時を生きる。しかしお前たち人間は同じ時に対して、いくつもの世代を重ねていく。呆れるほどに膨大な数の人間がお前の過去には連なっているわけだ」

確かに、この家系図自体は偽物なのだろうけど、理緒が生まれる前には両親がいて、その両親にも両親がいて、ちゃんと数えたらご先祖様の数はすごいことになる。

「膨大な母数のなかには、特異な人間もひとりやふたりは必ず出てくる。当然のことだ」

「つまり……誰でもご先祖様をたどればすごい人がいるってことですか？」

「そういうことだ。お前の場合はたまたま特異な土地の『神女』だったに過ぎない。まあ、その力が先祖還りのように発現するというのは珍しい事例ではあるが」

こちらの手から古書を取り、教授はページをめくっていく。

「『理緒』と名付けられたことで縁が強まり、『リオ』の力が発現したか。それとも力が発現したゆえに父親の血が『理緒』と名付けさせたのか。まあどちらであっても大差はないだろう。重要なのはリオの力がどう作用したか、だ」

「力が作用って……でも僕、体が弱かっただけですよ」

「血の件があるだろう？　お前の血は吸血系のあやかしを引き寄せる。これは間違いなくリオの力の作用だ」

「あ……な、なるほど」

「『巫女』は読んで字の如く、女性が担う役職だ。お前は男性として生まれたので血の芳醇さのみだったが、女性として生まれていれば天候操作や口寄せの類ができるほどの才覚を宿しただろうな。あるいは……これからそうした才覚が芽生える可能性もある」

「い、いりませんよ、そんな才能……っ」

理緒が望んでいるのは平穏な日常だ。穏やかで当たり前な学生生活を送りたい。特殊な力なんてハーフヴァンパイアだけで十分だ。

そう思っていると、古書のページをめくっていた教授の手が止まった。

「……ああ、やはりか。やはりそうなるか……」

小さなつぶやき。続けて教授はこちらを向いた。

「残念だが才覚の片鱗は見え始めているようだぞ？」

「え、ど、どういうことですか？」

「神崎家のリオが土地を守っていた方法だ」

こちらにページを見せ、教授は語る。

遥か昔の神崎家は現在の氷室教授のように霧峰の土地を守っていた。この土地にはあやかしが自然と集まってきて、なかには邪悪なモノも存在する。神崎家はそれに対抗しなくてはいけない。方法は他の邪悪なモノを味方につけること。リオは霧峰の土地の力を用い、様々な悪鬼羅刹を呼び寄せて、自分の味方として使役していた。

「平安の陰陽師が用いた式神と同じ発想だな。もしくは前鬼後鬼を使役した役小角も例として挙げられる。そもそもの話、人に害を為す蠱毒の猫鬼がお前を守護していたことが不可解だったが、これならば納得がいく。猫鬼のような本来邪悪なモノを呼び寄せ、己が内に収めるのが、リオの力の特徴だったのだろう」

「はあ……いや、それでどうして僕に変な力が芽生えてるなんて話になるんですか？」

「わからないのか？」

　パタン、と古書が閉じられた。

「これですべての確信が得られた。――調査は終了だ。謎は解けた」

「へ？」

　突然の言葉に理緒は目を丸くする。一方、教授は積まれている段ボールの箱に背中を預けた。撫でるように古書の表面に触れ、小さく吐息をはく。そのまま何も言わない。どこか憂いを帯びた表情で押し黙った。

　調査は終了とか謎は解けたとか、いつもの教授ならば、そんな言葉を言ったのなら立て板に水のように語り始める。でもなぜか今日はそうせず、ただ口を噤んでいた。

「教授？」

「…………理緒」

　きつく閉じられていた唇にほんのわずかに笑みが浮かんだ。

「……本当に良い親だったな。お前の母親も父親も」

「え？　あ、はい」

　唐突な言葉に半ば反射で頷くと、教授は預けていた背中を離し、すっと立つ。

そして古書を手にして言った。どこか覚悟を決めたような表情で。

「ミイラ化していたはずのイザベラを蘇らせ、霧峰に呼び寄せた者がいる。それは十八年前に猫鬼にお前の守護をさせた者と同一人物だ。無論、お前の両親ではない。彼らはただの善良な人間だ。そうだろうと予測はしていたが……いや予測よりも良い母と父だったな。彼らはこの件には無関係だ」

「じゃ、じゃあ、一体誰なんですか!? 誰がイザベラさんや猫鬼を……っ」

青い瞳が無言でじっとこちらを見つめた。何か意味ありげな視線に理緒は眉を寄せ、直後に思い出した。ここにくる直前、教授がユフィさんに言っていたことを。

——しばし時間をもらうぞ。おそらく理緒はまだ繋がっている。

まさか、と思う理緒に対して、教授は言う。

憂いを帯びた、青い瞳を向けて。

「今回の一連の騒動の犯人、それは——」

屋根裏に静かな声が響く。

「——お前だ、理緒」

第四章　星と願い、月と祈り

　夢をみていた。

　これはなんの夢だろうか。目に映るのは見たこともない街。土の地面が極端に少なく、ほとんどが硬い石で舗装されている。背の高い建物も多く、なかには教会の尖塔(せんとう)より高いものもちらほらある。

　道行く者たちの顔立ちから東の果てかもしれない、と推測した。しかし自分はこんな土地にきたことがあっただろうか。悠久に近い年月のなかではあったかもしれないし、なかったかもしれない。遠い記憶はもう曖昧(あいまい)だ。かつて自分がどんな人間だったかすらすでに覚えていない。

　ただ、この見覚えのない土地の夢は楽しかった。

　レオが出てきたからだ。

　どうやら人間の学び舎(まなびや)に勤めているらしい。まるで司祭のように壇上に立ち、多くの人間たちに勉学を教えている。それでいい。人間たちの集落で過ごす時は何かを与えてやることだ。ヴァンパイアは脆弱(ぜいじゃく)な人間たちに施しを与えてやらなくてはいけない。

成長した眷属を夢のなかで見守っていると、そのうちこの夢がひとりの少年の視界を通したものだと気づいた。

どうやら少年はレオの眷属のようだ。まさかあの気難しいレオが他者に血を与えるとは思わなかった。……ああ、だが自然なことなのかもしれない。生真面目なあの子はヴァンパイアとしての生き方を全うしようとしているのだろう。

しかしそんなレオにわずかな変化が表れ始めた。きっかけはやはり眷属の少年。なぜだろう、この子の名前を知っている気がする。名は、そう……理緒。レオの眷属の名は理緒という。

理緒はどうやら完全なヴァンパイアではないようだ。可哀想に、『親』であるレオの覚悟が半端なせいで、その影響が如実に出てしまっている。理緒はヴァンパイアと人間の狭間で翻弄され、そのうちにユフィも現れた。

ふふ、と笑みがこぼれる。思っていた通り、ユフィは飄々とヴァンパイアの生き方を全うしているようだ。この子は自分と似ている。心配はいらないだろうと思っていた。

しかし似ているからこそ、レオへの心配が尽きないようだ。そんなところも自分と同じだ。

ユフィはフェアリーを使って騒動を起こし、レオを人間の老人と会わせた。理緒の視界を通して、老人がレオにとってどんな存在だったかが伝わってくる。

それはレオにとって間違いなく必要な経験だった。老人には心からの感謝を。我が眷属をよくぞ見てやってくれた。

そして老人との再会がレオの変化を加速させていく。あれやこれやと理緒の機嫌を取ろうとするが、残念ながらそれらはいささか的外れであるらしい。

思えば、レオはいつも不器用な子だった。それはこの土地での生き方にも表れている。どうやらレオは理緒を供とし、この土地の『人ならざるモノ』を研究しているらしい。なぜそんなことをしているのか、理由は明白だった。明白過ぎて呆れてしまった。

だがいずれ選択の時はくるだろう。理緒と老人のおかげでレオの変化は進み、いずれ選び取る時がくる。決断のために必要なものはすでに与えてある。あとは時間の問題だ。

しかし、だとすれば。

この揺蕩う夢はなんのためにあるのだろう。

自分はすでに屍となり、忘れられた城のなかで朽ちているはずだ。だというのに、なぜこんな夢をみているのか。

長い時を生き、その果てに『これでいい』と自分は納得したのだ。

だというのにまだ他に何を望む？　この身を呼んだのは如何なるものか？　望まぬ者を死より呼び出したなら相応の罰が下るだろう。

そんな憤りを感じていると、夢のなかでふいに理緒が言った。

「氷室教授にも人間に戻ってほしいんです」

言葉はユフィに対して発したもの。理緒は自身が人間に戻り、レオのこともまた人間に戻したいらしい。

ユフィはひどく哀しそうに、同時にとても眩しそうに微笑んだ。

自分も同じ気持ちだった。理緒が心から願い、レオがその想いに応えるのなら、たとえ人間に戻っても構わない。他ならぬ、それがレオのためになるのなら。

ああ、そうか……。

ふと思った。

……未練かもしれない。

もしもこの夢に意味があるとしたら、この地に呼び出されたことに必然があるとしたら、その中心にあるのは未練かもしれない。他の誰でもない、私の未練。

しかし気づいたところでどうすることもできない。とうに朽ちた身では未練を晴らすことなどできず、目覚めてしまえば夢の内容も忘れてしまう。

詮無いことだ。何もかもに意味がない。そう諦めて——やがてイザベラは目を覚ます。

「順を追って説明しよう」

ここは霧峰大学の研究室。ゼミの時に使う長テーブルを三つ並べ、氷室教授はその上に街の地図を広げていた。

反対側には顔色の悪い理緒が座っており、ウールもテーブルの上に乗っている。窓際には白っぽいコウモリが一匹いて、ユフィさんに会話が届くようになっていた。

一同に向けて、教授は口を開く。

「先ほど発見した古書によれば、神崎家の『神女』であるリオは霧峰の土地の力を活用し、自らの術を行使していたようだ。いわば、この地図の範囲すべてがリオの結界のようなものだと思えばいい」

理緒の実家で古書を見つけた後、教授はすぐに大学に足を運んだ。同時にゼミの学生たちに連絡し、素早く事情を話してそれぞれに指示を出している。氷室ゼミはそのほとんどが海外からやってきたあやかしで、ヴァンパイアとしての教授の関係者だ。こういう時は協力してくれる態勢が整っている。

研究室に着くと、程なくしてユフィさんのコウモリもやってきて、今に至る。

「リオは『清めの場』という陣に土地の力を集め、悪鬼羅刹の類を呼び寄せていた。それらはリオの式神――使い魔として働き、邪悪なあやかしを土地から退けていたという。猫鬼もその一種とみて間違いない」

教授は講義の時のように続ける。

「以上のことを前提として、話は現代に移る。十八年前のことだ。理緒が誕生し、その身の『神女』の血によって『清めの場』が再び動き出した。現代的に言うならば再起動といったところだろうか。『清めの場』からは猫鬼が呼び出され、古の契約によって理緒を守護し始めた。おそらくはこの地に『神女』が誕生すると、自動的に『清めの場』が再起動する仕組みになっていたのだろう」

「その清めのなんとかって、大昔のものなんだろ？　よく動いたな」

ウールが小首を傾げて口を挟み、教授は応える。

「いや当然、万全とはいかなかった。その証拠に猫鬼は十八年で力尽きている。お前たちも覚えているだろう？　猫鬼は一度、理緒から離れている」

「あ、そっか。そうだったな」

「理緒に『神女』としての自覚と力がないせいか、それとも『清めの場』自体がすでに欠陥品となっているのか、おそらくは両者だろうが、土地からの力の供給は安定していない。猫鬼は消え、理緒も蠱毒による体調の悪化からは解放された」

しかし、と教授は腕を組む。

「猫鬼の守護がなくなったことで理緒は再び危険に見舞われることになった。そうなれば『清めの場』は『神女』を守るべく、さらなる使い魔を呼び寄せようとする。ここで二つ、イレギュラーなことが起きた」

すっと白い人差し指が掲げられる。

「一つ目は『清めの場』の綻(ほころ)びがやはり大きかったこと。本来の仕組みであれば、猫鬼が消えた時点ですぐに次の使い魔を呼び出していたはずだ。しかし綻びゆえにタイムラグが生じてしまった」

続いて中指が並んだ。

「二つ目、こちらの方が問題としては大きい。それは『清めの場』の要(かなめ)である『神女』の理緒が——ハーフヴァンパイアになったことだ」

研究室のなかに小さく息をのむ音が響いた。それが自分の音だと気づくのにやや時間が掛かった。理緒はきつく唇を噛(か)み締める。

テーブルの反対側にいる教授は粛々と続けた。

「古の神崎家にしても、こんなことは想定外だったことだろう。だが事は起こってしまった。土地全体を覆っている結界を通して『清めの場』にハーフヴァンパイアの力が流れ込んだ。本来、作用するはずの『神女』の力、私によって与えられたヴァンパイアの力、二つの力は混線し、絡まり合ったそれらは縁となる。かくしてその縁を手繰り寄せ、『清めの場』は招いてしまった。理緒のヴァンパイアの力の大本であり、古の神崎家からすれば間違いなく悪鬼羅刹(あっきらせつ)の類である存在、つまりは——」

青い瞳(ひとみ)を伏せ、教授は言う。

太陽はすでに西の空に沈みかけていた。窓の向こうで入り交じっているのは、夕方の茜色と夜の黒。まさしく『神女』とヴァンパイアが交ざったような象徴的な空だった。

理緒はテーブルの下で組んでいた手をぎゅっと握り締める。そして絞り出すように言った。

「――イザベラを」

「つまり今回のことを招いたのは……僕だったんですね」

実家の屋根裏で教授は犯人の正体は理緒だと告げた。その言葉通りだ。霧峰の土地に残っていたリオを守ろうとする仕組み、それこそがイザベラさんを呼び寄せていた。つまり原因は『神女』たる理緒にある。

こっちを向き、ウールが焦ったように言う。

「そ、そんなことないぞっ。りおは何にも知らなかったろ？　なのに、りおのせいになってたまるか。りおは悪くないっ。だいたい、ひむろがりおをヴァンパイアにしなけりゃ良かったんだ。そしたら怖いヴァンパイアがくることもなかったんだろ？」

「ふむ、確かに私が理緒をハーフヴァンパイアにしなければ『清めの場』が混線することはなかった。しかしその場合、理緒は朧鬼に襲われた傷で死んでいたぞ？」

「そ、それは困る……っ」

ウールは小っちゃな前脚で頭を抱えて「むむむ……ッ」と唸る。

理緒は深く頭を下げた。

「すみません、僕のせいで迷惑を掛けてしまって……」

「でもほら、りおが呼んだおかげで、ひむろの『親』は復活したってことじゃないか？　だったら、りおは悪くない。むしろ良かったんじゃないか？」

ウールが必死に言うと、教授が「……そうだな」と唇の端を上げた。

「これはある種の奇跡だ。我々ヴァンパイアは単体で頂点に立っている。ゆえに土地から吸い上げた力を活用しようなどとは私も考えなかった。それが可能な状況というのもまず存在し得ないものだったからな。今回の事態は多くの偶然が重なった上で成り立っている。理緒が『神女』の力を宿して生まれたこと、私と出逢(であ)ってハーフヴァンパイアの力も得たこと、『清めの場』が綻びつつも再起動したこと、さらにはイザベラが眠っていた古城の魔法陣も『清めの場』となんらかの共鳴をしたのだろう。様々なバランスの上でイザベラは動き出した。こんな状況は私がもう百年、研究を続けても作り出せなかっただろう」

だから、と教授は目を細めた。

「礼を言うぞ、理緒。犯人と言ったのは言葉の綾(あや)だ。お前のおかげで私は再び生きて動くイザベラを見ることができた。感謝している」

「教授……」

きゅー、と窓際の白いコウモリが鳴いた。チラリとそちらの方を見て、教授は頷(うなず)く。

「とはいえ、イザベラの暴走は止めねばならん。本来、悪鬼羅刹は『神女』を守護するために呼び出されるものだが、『清めの場』の綻びと、おそらくはイザベラの力の強大さによってその機能は働いていない。ヴァンパイアを使い魔にすることなど不可能だからな」

「じゃあ、どうすればいいんだ？」

「『清めの場』を見つけることだ」

　教授は地図の広げられたテーブルに手を置く。

「古の神崎家の『清めの場』は一種の召喚陣のようなものだ。そこから霧峰の土地の力が供給され、イザベラを動かしていると考えられる。猫鬼のようにいつかは供給が途絶えるだろうが、それを待っている時間はない。ゆえにこちらで召喚陣を見つけて対処する」

　地図にはすでにいくつか印がつけられていた。教授はずっとこの土地であやかし研究をしていたので、召喚陣がありそうな場所は目星がつくらしい。

「候補地にはすでにコウモリたちを飛ばし、詳しい調査が必要な場所にはゼミの学生たちを向かわせている。発見までそう時間は掛からんはずだ」

　と話しているうちに教授のスマホが鳴り、ゼミの先輩たちから連絡が入ってきた。

「氷室教授、沙雪です。指示されたお寺にきましたけど、怪しい反応はありません。住職の方にも聞いてみたんですが、それらしい逸話や伝承はないそうです」

「えーと、広瀬です。街外れの沼地には何もないみたいです。貸してもらったランタンも反応ありません」

「ランタン？」

広瀬さんからの報告に理緒は聞き返した。すると通話を切りながら教授が応える。

「小型の『宝石光のランタン』だ。スペアとして所有したものをゼミ生たちに持っていかせた。あやかしの気配を悟れない佑真はもちろん、召喚陣の気配は沙雪たちでも見逃す可能性があるからな」

そう話しているうちに今度はリュカから連絡が入った。

「ひ、氷室教授っ。なんかランタンがすげえ光ってるッス！　場所は……教会っ、丘の上の教会！　なんか猫鬼の時とは比べものにならないくらいの勢いで光ってるッス！」

「リュカ、色は？　光の色はなんだ？」

「え、色？　色は……黒と紫ッス！」

「——決まりだ。黒の色は人間、紫の色はその術を表す。加えてランタンの過剰反応が力の強大さを示していると考えれば間違いない。召喚陣の場所が見つかった」

トンッ、と教授の指が地図上の教会を指し示した。

青い瞳は窓の向こうを見つめる。太陽は地平線の彼方へ消えようとしていたが、かろうじて空は茜色を保っている。

「ギリギリだが……間に合うはずだ」

そして教授は気になることをつぶやいた。

「まだ……勝機はある」

間を置かず、慌ただしく移動した。大学から教会へは若干の距離があり、タクシーなどを使うことも考えたけど、とにかく時間がない。最も速い移動手段として教授がヴァンパイアの力を解放し、理緒を抱えてほとんど飛ぶように街のなかを駆け抜けた。目撃者はいたかもしれないけど、今日ばかりは教授の『あとで記憶を改竄(かいざん)すればいい』という言葉に頷く他なかった。

やがてたどり着いたのは、街のなかにぽつんと取り残されたような雑木林。ここだけ開発が行われなかったのか、住宅街を拒むように一定の区画だけが木々に覆われている。全体的に小高い丘になっているらしく、獣道のようなものがなだらかに続いていた。

ヴァンパイアの力を収め、瞳が真紅から青に戻った教授が枝を押さえて雑木林に入っていく。理緒ももちろんその背中に続いた。

「こんなところに教会があるなんて初めて知りました……」

「無理もない。記録によれば、どうやら建てるだけ建ててまともに使われていなかったようだからな」

「使われてない？　……っどういうことですか？」

「かつての神崎家が召喚陣を世間から隠蔽するために建てたのだろう。建築や土地の管理で隠し事をするのは権力者にはよくあることだ」

「権力者って……」

今の実家だって築十五年の普通の一軒家なのに、そんな風に言われてもピンとこない。ただ言われてみると子供の頃、家を建てる時に『大昔、ご先祖様はすごい豪邸に住んでいたらしいよ』と父が冗談交じりに言っていた気がする。

「木を隠すには森の中、とはよく言うが、逆に東洋的な力の体系を西洋的な建物に隠すのは理に適った話だ。気配の流出を防ぎ、外部の力ある者たちに気づかれにくくなる。今回、召喚陣を見つけるにあたってリュカたちを直接向かわる必要があったのもそのためだ」

木々が周囲に立っているおかげか、日暮れ時の暑さが多少和らいでいるような気がした。わずかに浮かぶ汗をぬぐいつつ、丘を上がっていく。すると唐突に視界が開けた。雑木林が終わり、丘の上に出たのだ。まわりには木々はなく、ちょっとした広場のようになっていて、奥には建物が見える。

また、すぐそばに古い墓標のような立て看板があり、教会の名が刻まれていた。その横にリュカが立っていた。夜の色が濃くなりだした空を背にして、手を振ってくる。小さなランタンを持っているけど、すでに火は消してあるらしい。

「氷室教授、理緒、こっちだこっち！」

「おれもいるぞ。でっかいのっ」

「お、ちっこいのじゃん。……よっしゃ、キャッチ！」

近くまでいくと、ポケットのウールがぽーんっと飛びだした。さすがの反射神経でリュカが反応し、ウールを受け止めて自分の肩に乗せる。

教授もそばにいき、後方の建物へと視線を向けた。

「よく見つけた、リュカ。S評価だ」

「あざっす！」

冗談半分で敬礼するリュカ。その肩でウールも真似して小っちゃな前脚で敬礼。なんだか可愛い。一方、広場の方を見つめたまま、教授は言う。

「ちょうどいい。そのままウールも連れて、お前はここを離れろ。あとのことは私が引き継ぐ」

「へ？　いや俺も手伝いますよ！　理緒のピンチなんスよね？　そんなん黙ってられないッス！」

「おれもおれもっ。りおのそばを離れたりしないぞっ。そんなのぜったいダメだ！」

「ふむ。まあ、どうしてもと言うなら構わんが……巻き込まれるぞ？」

リュカたちの方を向き、教授は腕を組む。「え？」と目を瞬く二人に対して、さらに言う。

「今から理緒を召喚陣に接触させる。『神女(みこ)』たる理緒が触れることで、一時的にでも召喚陣の機能を正常化させることが狙いだ。しかし召喚陣には現在進行形でイザベラの力も混線しているからな、何かの拍子にこの丘ぐらいは吹き飛ぶかもしれん」

「丘が⁉」

「ふきとぶ⁉」

「自分のせいで友人たちが吹き飛んだとなれば、理緒の哀(かな)しみたるや海よりも深いものとなるだろう。それでもいいのなら残って吹き飛んでも構わんが？」

もはや吹き飛ぶことが前提になっていた。リュカとウールは「むむ……っ」と同じ表情で煩悶(はんもん)している。理緒はチラリと教授の顔を盗み見た。

これってきっと……。

思うところがあり、教授の後押しをすることにした。

「リュカ、ウール、僕のことは大丈夫です。安全のために一度離れていて下さい。僕のせいで二人に吹き飛んでもらうわけにはいきません」

そう言うと、少しの間躊躇(ためら)っていたけれど、やがて二人とも納得してくれた。

「理緒、なんかあったらすぐ呼べよ！」

「ふきとばされたって助けにくるからなっ」

大きな声で言い、リュカとウールは獣道を下りていった。本当にありがたいと思う。だけど余韻に浸る間もなく、教授が建物の方へ歩きだす。

「急ぐぞ。時間がない」

「あ、はい。……え？」

歩きだした途端、教授にぐいっと手で頭を下げられた。

「なるべく上を見るな。しばらくは地面を見ながら歩け」

「？　え、あ、はあ……」

ワケがわからないまま、下を向いて教授についていく。

「あの、教授。吹き飛ぶって……嘘ですよね？」

「なぜそう思う？」

「なんとなく……です。召喚陣はそんな危ないものじゃないような気がして……」

「なるほど。神崎家の血が無意識にそう伝えているようだな」

「あと教授が何かを誤魔化そうとしている時はなんとなくわかります」

「ふむ？」

教授が振り返った気がした。下を向いているから見えないけれど。

「お前を接触させ、召喚陣の正常化を促すというのは本当だ。『神女』を害するイザベラに土地の力が供給されている今の状況は、召喚陣にとっては誤作動と言える。それを是正することで、イザベラへの力の供給を断つ」

「力の供給を断つ……」

なんとなく言葉を反芻した。頭のなかでよく考え、疑問を口にする。

「供給を断つと、イザベラさんはどうなるんですか？」

「…………」

無言。返事はなく、教授は歩を進め続けている。

……やっぱり何かおかしい。

教授の腕を掴み、研究室からずっと気になっていることを尋ねた。

「勝機ってどういう意味ですか？」

「……なんのことだ？　そんなことを言った覚えはないぞ」

「言ってました。ここに来る直前、研究室で教授は『勝機はある』って言ってました。あれはどういう意味なんですか？」

自分の口調のなかに不安が交じるのを感じた。

「対話か討伐か。教授は対話をしようとしていたはずですよね？　なのに勝機って、それじゃあまるで……」

自分が召喚陣に触れて力の供給が止まったら、イザベラさんが正気に戻って対話ができるようになる……ということならいい。だけど教授が無意識に勝機だなんてことをつぶやいていたのだとしたら話は変わってくる。

ついに理緒の足は止まってしまった。摑んでいる腕を引っ張るような形になり、教授も自然に立ち止まる。振り向きはしなかった。こちらに背を向けたまま言葉を紡ぐ。

「……力の供給を断てば、イザベラをこの地に留めている楔が外れる。正規の使い魔である猫鬼と違い、蘇ることもない。そこまで弱体化させれば……私とユフィリアで討伐できるはずだ。勝機があるとはそういう意味だ」

「……っ。なんで……っ」

反射的に顔を上げ、直後、理緒は目を見開く。

激しい頭痛に襲われ、頭を押さえた。教授のため息が聞こえてくる。

「──う!?」

「だから上を見るなと言ったろう?」

すぐ目の前に建物があった。目指していた教会だ。

木造で塗装があちこち剝げ落ちており、長円形の窓にもヒビが入っていた。鐘のついた塔の上には錆びた十字架があって、それを見た瞬間、理緒は頭痛に襲われた。いつもより苛烈な痛みだった。教会というのがよくないのかもしれない。

ただ、なぜか既視感があった。ここには初めてきたはずなのに以前にもこうして教会を見て、弱点の頭痛に襲われた気がする。

「理緒、もう少しだけ耐えろ。召喚陣にたどり着くまでの辛抱だ」

「……待って……下さい……っ」

教授が手を取って歩かせようとしてきたので、苦痛を堪えながら足を踏ん張る。

「僕、まだ納得してません……っ。イザベラさんを……討伐するだなんて……っ」

「……我が儘を言うな」

「言います！　だって……っ」

再び腕を掴み、痛みを堪えて叫ぶ。

「氷室教授はずっとイザベラさんを救うために生きてきたんでしょう⁉」

諦めちゃいけない。長年の願いを捨ててほしくない。そんなの哀し過ぎる。

「理緒……」

青い瞳が困惑に揺れる。教授は何かを言いかけ、しかし戸惑うように口を噤んだ。葛藤の気配と共に沈黙が流れる。そこに羽音が響いた。白いコウモリたちが教会の屋根の向こうから飛んでくる。

「レオ、残念だけど時間切れだ」

そんな声が聞こえ、吟遊詩人姿のユフィさんが塔の後ろから飛び降りてきた。

「――イザベラが動いた」

「え……っ」

研究室でコウモリ越しに教授の話を聞いていたので、先回りしていたのだろう。

教授と理緒のそばに着地し、その視線は雑木林の向こうへ。

「来るよ。いやもう来てる。覚悟を決めるんだ」

「イザベラさんが……!?」

「……そうか」

教授は一瞬目を伏せた。しかしすぐに瞼を開くと、表情が変わっていた。

「わかった」

理緒が摑んでいた手をそっと払い、ユフィさんの隣に立つ。「教授……っ」と理緒が呼ぶ声には応えず、雑木林の方を見据える。

さっきまではなかった異常な圧迫感を理緒も感じた。自然に体がすくみ、喉がからからに渇いていく。でも教授とユフィさんは動じない。

「ユフィリア、今のうちに言っておこう。時間を与えてくれたことに感謝する。おかげで私も迷いを捨てられた」

「やめてよ、水臭いじゃないか。でもそんなに感謝しているなら大昔、人間だった頃みたいに愛称で呼んでくれてもいいよ？」

「戯言を……」

涼しい顔で軽口を聞き流す。だけど一拍置いて教授はつぶやいた。雑木林の方を睨んだまま、ぽつりと。

「お前が兄弟で良かったよ、ユフィ」

「……っ」

一瞬、ユフィさんは驚いた顔をした。しかしすぐに苦笑を浮かべ、肩をすくめる。

「参ったなあ……長生きはしてみるもんだね。もしも生き残れたらこの感動を詩にして語り継ごうかな」

「ならばその時は大学の野外音楽堂を使わせてやろう。キャンパス中の学生たちを呼べば、観客にも事欠くまい」

「はは、大盤振る舞いだね」

「生涯最後の約束になるかもしれんからな。それくらいは大目にみよう」

緩やかに風が吹くなか、二人はほのかに笑い合った。現代的なスーツ姿と中世のような吟遊詩人姿。好みも生き方も異なるヴァンパイアの兄弟が今、並び立っていた。

そして二人の眼前に『親』が現れる。突如、暴風が吹き荒れ、雑木林がざわめくように揺れた。輝くように舞うのは、プラチナブロンドの髪。

「――同族の若鳥たちよ。また、あなたたちですか。いい加減、煩わしい限りだ」

空気が一瞬で変わった。ゾワッと総毛立ち、理緒は全身が強張（こわば）るのを感じた。

夏の夜闇の向こうから真紅の瞳がこちらを見ている。鮮烈なドレスの裾（すそ）を揺らし、長い髪をかき上げて、イザベラさんが現れた。

いつしか陽は完全に落ち、その代わりを担うように月が姿を見せている。ヴァンパイアの時間だ。

「理緒、迎えにきましたよ。さあ、こちらへいらっしゃい。あなたのその香しい血、一滴残らず飲み干してあげましょう」

招くようにこちらへ手を差し伸べてみせる。イザベラさんのいる雑木林からはまだ十数メートルの距離がある。それでも抗いがたいような強い威圧感があった。

「さあ、早く。なぜだかこの丘は不快です。最高のディナーを味わうならば、それに相応しい場所でなければなりません。命を散らすならば、あなたも花や歌の溢れる場所がいいでしょう？　私が最高の舞台を見つけてあげますよ」

「この丘が不快……か」

「やっぱり今も理緒君と繋がっているようだね。これは幸運だ」

イザベラさんには届かないような小声で教授とユフィさんは囁いた。二人はそれぞれに懐に手を差し入れ、何かを取り出す。

教授側の手のなかにその一部が見えて、理緒は「痛……っ」とさらに頭痛が増したのを感じた。十字架だ。二人はそれぞれに十字架を取り出していた。

「見るな、理緒。苦痛が増すぞ」

「なん……で……十字架なんて……」

「今のイザベラには効くからね」

「え……？」

「簡単な話だ」

前方のイザベラさんを見据えたまま、教授は言う。

神崎家の『神女(みこ)』である理緒と、その力によって呼び出されたイザベラさんは現在、召喚陣を通して意識が繋がっている状態らしい。そうとは気づかないうちにお互いに影響を及ぼし合っているという。

「理緒君、レストランで僕の話を聞いて、イザベラの名前を出したろう？　レオに確認したけど、今まで君の前でその名を口にしたことはないそうだ。なのにどうして僕たちの『親』の名を知っていたんだい？」

「あ……」

「アパートでも私たちの過去の出来事に思い当たることがあるような口ぶりだったな？　その記憶は一体どこから得た？」

「それは……」

上手(うま)く答えられなくて言い淀(よど)む。確かに自分でも不思議だった。

よく考えてみれば、ユフィさんと食事をする以前にイザベラさんの名前を聞いたことなんてなかった。だというのにあの時、自然にその名が口からこぼれた。

アパートでイザベラさんの儀式の目的が『真祖』に至ることだと言われ、強い違和感を覚えた。そう感じる根拠なんてどこにもないのに。

「答えはお前たちが無意識下で繋がっていたからだ。おそらくはなんらかの形でイザベラの記憶がお前に流れ込んでいるのだろう。同様にお前もイザベラに影響を及ぼしている」

「僕が……影響を……？」

「レオのマンションを襲撃してきた時、イザベラは僕らを夜通し追い回した。けれど陽が昇ると途端にやめて、マンションに引っ込んでしまった。彼女は日光が苦手なんだよ。さっきの言葉からすると、教会の十字架も不快なようだね。これは理緒君の影響だ」

「僕にヴァンパイアの弱点があるから……その影響でイザベラさんにも弱点が出てるってことですか……？」

「正解だ。そしてその弱点も勝機となる」

教授は手のなかの十字架を握り締める。

「いけ、理緒。ここは私たちが死守する。お前がたどり着きさえすれば、召喚陣も応えるはずだ」

「そんな……っ」

教授はイザベラさんを弱体化させ、さらには弱点も突いて、討伐するつもりなのだろう。

そんなの駄目だ。

「教授はそれで……いいんですか……っ⁉」

激痛に頭を押さえながら声を絞り出した。氷室教授は振り向かない。

「……イザベラはあの時、すでに死んでいたんだ」

十字架を持つ手は血が出そうなほど強く握り締められていた。

「ようやく……認めることができた。彼女の心や魂といったものはすでにこの世に存在しない。あの儀式の失敗で消失したのだろう。今目の前にいるあれは召喚陣から流れ込んだ力がイザベラの肉体を無理やり動かしているに過ぎない。いわば本能だけで動く化物だ」

「ほう、面白いことを言いますね」

頷き(うなず)は教授の視線の先から。それまで黙っていたイザベラさんは形のいいあごに指先を当て、納得したような顔をする。

「確かに私は今何にも縛られず、解き放たれている。なぜ自分はこの土地にいるのか、以前の自分がどうであったか、気になりもしない。言われてみれば目の前にいる理緒とはなんらかの繋がりを感じますが、だからと言ってどうということもない。我が望みは芳醇(ほうじゅん)な血を吸い、喉を潤したいということだけ。確かにこれは本能だけで動いていると言えるのでしょうね。ふふ、まるでグールのようだ」

では、と細い手が掲げられた。

「グールの如く、貪欲に獲物を頂きましょう」

その手が振り下ろされると同時に、雑木林からとてつもない数の赤いコウモリが飛び出した。

「舞踏会は絢爛に、そして荘厳に。理緒、そして若鳥たちよ。気の済むまで逃げ惑いなさい。あなたたちが舞う限り、この身はどこまでも付き合いますよ」

空のコウモリたちを従えて、イザベラさんは大舞台の役者のように歩きだす。

教授とユフィさんもすぐさま身構え、臨戦態勢に入った。

「急げ、理緒！」

「出来るだけ早く頼むよ、理緒君。弱点を突いても力の供給が止まらなきゃ、そう長くは保たない！」

「で、でも……っ」

次の瞬間、謎の力が働いて理緒は後方に吹っ飛ばされた。受け身も取れず、地面に背中を強かにぶつける。

マンションでイザベラさんが放った、重力の塊のような力だ。見れば、教授とユフィさんの足元の地面が軋んでヒビ割れていた。でも二人はあの時のように倒れない。十字架が淡く輝いて、力を相殺しているようだった。

イザベラさんは優雅に歩きながら、楽しげに髪をかき上げる。

「ほう、耐えますか。先日とは違うというわけですね。面白い、これは褒美をやらねばなりませんね」

冷たい笑みがヴァンパイアの兄弟を見据える。

「先ほどの話から鑑みるに、どうやらあなたたちは私の縁者のようだ。何かこの私に伝えたいことはありますか？　特別に耳を貸してあげますよ」

重力の圧迫に奥歯を噛み締め、ユフィさんはその言葉を無視した。彼は以前に言っていた。時間は掛かったが、自分は『親』の死を乗り越えることができた、と。無言はその意思の表れだった。

一方、ユフィさん曰く、乗り越えられずにいた教授は一瞬表情を歪めた。そしてイザベラさんにではなく、独り言のようにつぶやく。

「伝えたいこと、か。今さら詮無いことだ。グールに掛けるような言葉などありはしない。だが……」

もしもイザベラ本人に届くなら、と教授は続ける。やはり独り言のように。

「どうして、お前は私たちを――」

その言葉の先に被さるようにイザベラさんがまた手を掲げた。

「言い残すことはないようですね。宜しい、ではこのような趣向は如何です？」

指揮者のように手が振り下ろされた。すると周囲の雑木林が見る間に枯れ始めた。青々としていた葉が茶色に染まって落ち、枝も次から次にやせ細っていく。地面の雑草も力を失ったように色を失くして萎れていった。

「これは……土地の力を強制的に吸い上げているのか!?」

教授が驚愕したように目を見開く。同時に空を舞う赤いコウモリたちの数が加速度的に増え始めた。もはや一匹一匹の姿は見えず、群体として赤い闇のようになり、夜空を覆い隠していく。

まるで空が呑み込まれていくような光景だった。思い出すのはイザベラさんがマンションに現れた時のこと。あの時も窓ガラスの向こうが赤い闇に覆われた。きっとこうやってコウモリで部屋のまわりを包み込んでいたのだろう。

だけど、あの時とはすでに規模が違う。教授の言葉から考えると、イザベラさんは霧峰の土地の力を無理やり吸い上げてコウモリたちを強くしているようだ。もう月も星も見えない。赤い闇は全天に広がっている。

このすべてが降ってきたら……っ。

最悪の想像が過ぎって理緒は愕然とした。そしてその想像は現実になった。

「さあ、見知らぬ縁者たち。抵抗するならそれもよし、力及ばぬならばこれで——さよならです」

無数の羽音が稲妻のように鳴り響き、赤い闇が絶望と共に降ってきた。空に押し潰されてしまうという、これまでの人生で味わったことのない恐怖が理緒の全身を駆け巡る。

赤い闇が最初に触れたのは、教会の塔。血のような赤色が接触した途端、天辺の十字架が何かに切り刻まれるように削ぎ落とされた。響くのは無数の咀嚼音。コウモリたちが牙で食い散らかしているのだ。

それほどの危険が視界すべてに広がり、逃げ場もなく降り注いでくる。地獄のような光景だった。

そのなかでユフィさんが動いた。重力を振り切るように腕を薙ぎ、十字架が代償のように砕け散る。しかしそれで完全に体の自由を得たらしく、ユフィさんは力任せに教授の背中を押した。

「レオ！　理緒君を……っ！」

「すまん……っ！」

重力から解き放たれ、教授も動いた。こちらの腕を無理やり引っ張って走りだす。理緒は「え……!?」と声を上げ、そのまま教会の扉へと連れていかれた。

視界の端には近づいてくるイザベラさんと真っ赤な空、そして悲壮な覚悟で立ち向かっていくユフィさんの姿。

「教授っ、ユフィさんが……!?」

「間に合わん！　イザベラが土地の力まで持ちだせるとは誤算だった。もはや弱点がどうのという段階ではない！　せめて……っ」

　そして信じられない言葉が響いた。

「せめてお前だけでも……っ」

　それはもう状況を覆せないことを示す言葉だった。勝機どころか、もはや生き残ることさえ困難なのだと教授の口調から伝わってくる。

　扉を開け放ち、なだれ込むように教会に入った。

　視界に映るのはあまりに古く、朽ち果てたような礼拝堂。

　入口から奥に向かって赤い絨毯が延びており、その両側には長椅子が列を成している。壇上にはパイプオルガンと祭壇があって、天井にステンドグラスが嵌め込まれていた。

　しかし明らかに長年、人の手が入っておらず、どこもかしこも埃だらけだった。絨毯は綻び、壁際の燭台は薄汚れ、ステンドグラスに至っては細かなヒビまで入ってしまっている。

　そして神崎家の召喚陣らしきものはどこにも見当たらなかった。

「走れ、理緒！」

　脈打つような頭痛を堪え、教授に手を引かれるまま、絨毯の上を駆ける。長椅子の列の先、祭壇の横に扉があった。礼拝堂の他にもいくつも部屋があるのだろう。きっとそのどこかに召喚陣が隠されているに違いない。

だけど、間に合わなかった。絨毯の真ん中辺りにきたところで、突如、ステンドグラスのヒビ割れがさらに大きな亀裂となり、赤い闇が噴き出してきた。

「ひ……っ!?」

窓という窓が割れ、とてつもない量の闇が侵入してくる。目指していた扉もあっと言う間に呑み込まれてしまった。祭壇やパイプオルガンも押し潰され、長椅子の列もまるでブルドーザーに押されるように瓦礫になってこっちへ向かってくる。

そして入口の方から声が響いた。この状況に似つかわしくない、軽やかな声だった。

「ああ、幕引きですね。我が縁者ならば、もう少し歯応えがあるかと期待しましたが……まあこんなものでしょう」

扉の前にイザベラさんが立っていた。傷一つなく、平然とこちらを見つめている。

「そ、そんな!? ユフィさんは……っ」

恐るべきヴァンパイアは肩をすくめるだけで返事をしない。答えるまでもないという顔だった。

「では下拵えといきましょう。私は恐怖に凍りついた血が好みです。理緒、コウモリたちに身を委ねなさい。無数の牙に刻まれる苦痛はあなたの血をより美味なるものにするはずです」

死刑宣告のような言葉と共に、赤い闇が下りてきた。冷笑を浮かべるイザベラさんの姿は闇の向こうに消え、礼拝堂の入口さえも塞がれてしまう。

「おのれ……!」

教授が指を鳴らし、影から黒いコウモリたちが飛び出した。赤いコウモリたちの群体に向かっていく。しかしまったく通用しない。降り注ぐような赤い闇に対し、教授のコウモリたちは弾き飛ばされ、競り負けていく。かろうじて長椅子の瓦礫はせき止めてくれたがそれだけだ。

景色が見る間に赤く染まっていった。壁際の燭台、天井のステンドグラス、粉々になった長椅子の残骸、すべてが闇に呑まれていく。

「きょ、教授っ。どうすれば……っ」

もう逃げ場がない。対抗する手段もない。氷室教授は苦悶の表情で奥歯を噛み締めていた。そして赤い闇がついに目前に迫ると、

「理緒!」

突然、教授に押し倒された。理緒を庇うように教授は絨毯の上に手をつく。ほぼ同時に赤い闇がスーツの背中に触れた。途端、鋭い牙で切り刻まれるような音が響き渡る。

響くのは苦悶の声。頬に何かが当たった。

一瞬、水のように感じたけど違う。これは……教授の血だ。

「教授!? け、怪我を……っ!?」

「……案ずるな。この程度、ヴァンパイアの私にはどうということはない」

そんなはずはなかった。教授の端整な顔は苦痛に歪み、額からは血が流れている。コウモリたちに傷つけられているのだ。

「は、離れて下さい！　このままじゃ教授が……っ」

「……馬鹿を言え。今私が離れれば、今度はお前が一瞬で餌食になってしまうぞ？」

冗談めかした言葉だった。しかしどう考えてもやせ我慢だ。

「イザベラ本人ならばともかく相手がコウモリならば、ヴァンパイアの力を使って惑わせることができる。コウモリたちは私の方へ引き寄せる。安心しろ、お前には牙の一本も触れさせん」

「でもそれじゃ教授が……っ」

「あと数分もすれば、お前が無傷なことを不審に思い、イザベラが一旦コウモリたちを退かせるはずだ。その隙に逃げろ。命懸けでこの場から離脱しろ」

教授の瞳は真紅に輝いていた。ヴァンパイアの力を解放してコウモリたちを引き寄せてくれているのだろう。でも無理だ。あと数分なんて教授が保たない。コウモリたちが何かを切り刻む音は今も響いていて、教授の体からは血が流れ続けている。

アパートでユフィさんが教えてくれた。ヴァンパイアだって死ぬことはあると。このまじゃ教授は……っ。

「そんな顔をするな」

困ったように教授は眉を寄せる。

「高貴なる者の義務。私がお前を守るのは当然のことだ」

ふっと力を抜いたような表情。その顔を見てわかってしまった。もう本当に手はないのだと。

「い、嫌だ……」

無意識に言葉がこぼれた。

「嫌です！　教授、諦めないで下さい！　僕を守って教授が犠牲になるなんて、そんなの絶対嫌です……っ！」

「犠牲などではない。古来、土地を守る貴族たちは皆、こうした義務を背負ってきた。弱き者を守るのは、この霧峰を管理する私にとって当然の……ああ、いや」

言葉の途中で教授は口を噤んだ。

「義務でなくとも……私はお前を守るだろうな。いつ如何なる時もきっと私は同じ選択をする」

目の前に苦笑が浮かぶ。教授の口調は妙に穏やかで、それが不安で仕方なかった。

「お前には……考えを話す、という約束だったな。黙っていてまたウールに叱られては堪らん……」

それはアパートでの約束。あやかし研究の本当の目的がイザベラさんを救うことだと聞き、『そういうことはちゃんと話して下さい』と怒った理緒に対して、教授は約束した。これからは善処する、と。

教授はゆっくりと瞼を閉じた。また額から血が流れ、目じりの横を流れていく。まるで涙のように頬を伝い、それはぽたりと落ちた。

そして言葉を紡ぐ。心の深いところの扉を開くように。

「理緒、私はな……捨てられた、と思っていたんだ」

突然の告白に一瞬思考が止まった。

捨てられた？　誰に……？

水面の泡のように疑問が生まれ、しかしそれらはすぐに氷解した。教授がそんなことを言うとしたら、該当する人物はひとりしかいない。……イザベラさんだ。

「イザベラは私たちとの旅の日々よりも、『真祖』の謎の解明を選んだ。それが身を亡ぼす可能性のある、危険な儀式だと知りながら……それでも『真祖』などという下らぬものに心を奪われた。イザベラは私とユフィリアよりも『真祖』を選んだんだ」

ひどく哀しげな声だった。

「笑ってくれ。私は……認めたくなかった。イザベラに捨てられたと認めたくなかったんだ。彼女が帰ってくれれば、また三人の日々が戻ると信じていた。本当は私は『真祖』のことなど、どうでもいいんだ。昔も今もヴァンパイアのルーツになんてなんの興味もない。ただ『真祖』の謎を解明して、イザベラを救うことができれば、またあの懐かしい日々が戻ってくると……そう頑なに信じていた。そのためだけに呆れるほど長い月日を費やしてしまった……」

自嘲的なつぶやきがこぼれる。

「だがもっと早く認めるべきだったんだ。——私は捨てられた。『親』に愛されることはなかったのだ、と」

胸が締め付けられるような告白だった。一体、この人はどれだけ苦しんできたのだろう。たった独りで、途方もなく長い年月を。

「考えてみれば、清一に対しても同じことを思ってしまったのだろうな。四十年前、清一と過ごしたあの日々は、私にとって取り戻したかった時間そのものだった。あやかし研究に没頭する清一に付き合わされ、突発的に起こる事件の調査に駆り出され、悪態をつきながらもなんだかんだと手を貸して……隣を見れば、いつでも清一が笑っていた。そんな時間が悪くはなかった。だからこそ、眷属にしてやりたかった。しかし……結局、清一はこの手を取らなかった」

教授はかつてこの霧峰の土地を訪れて、清一さんに出逢い、自分の眷属として永遠に生きろと言った。だけど清一さんはその誘いを拒み、人間として生きることを選んだ。

「また捨てられた、とあの時の私は思ったのだろう。だから逃げるようにこの土地を去った。清一との再会にも幾度となく足踏みをし、その後は……お前も知っての通りだ。フェアリーを使ったユフィリアの策謀とお前の後押しで四十年ぶりに清一に逢い、そして……また拒まれてしまった」

梅雨の頃、教授は清一さんと再会を果たした。ユフィさんが妖精を使った神隠し事件を起こし、それを解決するなかで清一さんに向き合う決意をしたのだ。

妖精の世界にいき、寿命が尽きる寸前の清一さんに対して、教授は言った。もう十分だろ、今度こそ眷属になれ、と。だけどやっぱり清一さんはその手を取らなかった。

「私はひどく狼狽した。清一の真意が摑めなかった。ヴァンパイアにならなければ、待つのは死だけだ。それでも私と共に歩むことを拒むのかと……心乱れた」

だが、と言葉は続いた。

「本当はわかっていたんだ。清一はお前のために、人間としての最期を見せるために天寿を全うする道を選んだ。それはお前たちにとって正しい価値観だ。しかしやはり納得はできなかった。身近な者の死はこんなにも苦しい。こんな痛みなど本来感じる必要はない。ヴァンパイアとして永遠を生きればいいではないか。私は……お前にもそう思ってほしかった」

ああ……と理緒は思い出す。

清一さんの葬儀を終えた後、『僕は人間に戻ります』と宣言した時、教授が言っていた。

──お前まで私を置いていってしまうのか。

あの時の教授のひどく狼狽した顔は今でも脳裏に焼き付いている。

「お前には……私の側にきてほしかった」

だから教授は高級なワインをくれた。ステッキやマネークリップなどの装飾品も渡してきた。自分と同じようになれば、こんなに優雅な生活ができるぞ、と伝えるために。

でも理緒はまったく喜ばず、教授は思い悩むようになったらしい。ハーフヴァンパイアにしたこと自体、正しかったのだろうかと。猫鬼の事件の時、最高のヴァンパイアに育てあげると誓う、と言っていたけれど、それでもやっぱり教授は悩み続けていたそうだ。

「結局、無理な話だったのかもしれない、と思った。私はイザベラに捨てられた。愛されることはなかった。『親』に捨てられた私が『子』であるお前にしてやれることなど、何もないのではないか……そんな無力感に苛まれた。おそらく私は同じところを延々と回り続けているだけなのだ。喪失の痛みを抱え、胸の空白を埋めることもできず、無為な時間を過ごし続ける……それが私の人生だ。イザベラが現れ、私とユフィリアを認識しなかった時、その考えは決定的になった。無為と無意味こそが私という存在のすべてなのだ」

何もかも諦めたような教授の表情を見て、理緒は唇を噛み締める。

いつかも思った。この人は……ずっと淋しかったのかもしれない。

ユフィさんによれば、二人は人間だった頃、外国の貴族だったらしい。でも『人ならざるモノ』に襲われ、一族の関係者はみんな死んでしまった。教授は家族や親しい人をすべて失った。

イザベラさんに助けられ、ヴァンパイアになったけど、長い旅の果てに彼女は『真祖』の解明を選んだ。教授は捨てられ、また親しい人を失った。兄弟になったユフィさんとも袂を分かってしまった。

時が経ち、この国で清一さんに出逢ったけど、眷属の誘いは拒まれ、四十年後、再会してまた手を伸ばしても、やっぱり断られてしまった。

失ってばかりだ。喪失だらけの人生だ。どう声を掛けていいかもわからない。

「しかし」

ふいに瞼が開かれた。

「神崎家に赴き、お前の母と話した時だ。不安に怯え、それでも我が子を案じて勇気を振り絞る姿を見た時、私は――」

真紅の瞳に理緒が映る。

「――救われた気がしたんだ」

苦痛に歪む口元がほのかに綻んだ。

宝物を見つけ、それを両手で大切に包み込むような、小さな笑みだった。

「救われた……？」

「ああ」

深い頷きが返ってきた。

「理緒は愛されていた。私と同じようにずっと孤独に苛まれていたお前がその実、肉親に心から想われていた。そう気づいた時、私は……堪らなく嬉しかったよ」

きれいな手のひらが理緒の頰に触れた。

「私が欲しかったものは、お前が持っていてくれた。この血に連なるお前がすべてを享受してくれていた。それが……どうしようもなく嬉しかった」

まるで夢みるような表情と穏やかな声。

「もう私には叶わなくとも、この想いを託すことができる。孤独を消したい、愛されたい、幸福でありたい……すべての願いは私の代わりにお前が叶えてくれる。だから……」

柔らかに紡がれる言葉の途中で、教授ははっと息をのんだ。

呆然とした表情を浮かべ、両目が見開かれていく。

「ああ、そうか……」

小さく囁かれる言葉は、目の前の理緒に対してのものではなかった。

それは遥か遠くへいってしまった、もう会えない人に向けて。

「……清一、お前もこんな気持ちだったんだな」

その瞬間、理緒は胸が強く締め付けられるのを感じた。今、教授の胸にどんな想いが去来しているのか、手に取るようにわかったから。

心のなかに浮かぶのは、泣きたくなるほどきれいな星空。妖精の世界からの帰り道、教授に背負われて笑っていた、優しい人の姿。

教授はずっと、清一さんの意思を理解できずにいた。ヴァンパイアになれば死なずに済むのに、理緒のためとはいえ最期を迎えることを納得できなかった。

だけど今、たどり着いた。

氷室教授は清一さんと同じ気持ちに行き着いた。

多くのものを失い、抱えきれないほどに積み重なった哀しみが今、温かい優しさに変わっていく。

「理緒」

残酷な音は今も響き続けていて。

流れる血は止まらなくて。

いつしか理緒は泣いていて。

教授は慈しむように頬を撫で、その涙をぬぐう。

「泣かなくていい。お前が生きて、生き延びて、幸せになってくれる……私たちはそれが何より嬉しいんだ。私も清一も完璧ではなかった。後悔の残る人生だった。だがそんな私たちの生きた道の先で、お前が懸命に生き、自らの幸せを掴んでくれれば……こんなに嬉しいことはないんだ」

だから理緒、と囁き、コツンと額が当てられた。

二人の頭上に広がっているのは、赤い闇。だけど、星空が見えた気がした。

氷室教授の心に広がる星空が伝わってきた気がした。

残酷な終わりが近づくなか、告げられたのは遺言のような言葉。

「生き延びてくれ、理緒。私にとって……」

教授は微笑む。

「愛しいお前の幸福が何よりの幸せだから」

清一さんにそっくりな、優しい笑顔だった。

だけど。

直後にすべてが闇に覆われた。

「あ……っ!?」

「理緒……っ！」

赤いコウモリたちが乱舞し、教授と理緒はけたたましい羽音に呑み込まれる――。

――そして夢をみた。

今までよりずっと強く、何かと繋がる感覚があった。それは人間の何倍も何十倍も、ひょっとしたら何百倍も長いもので、たった十八年しか生きていない理緒には受け止めきれないものだった。

たとえばそれは遠い異国の地を旅している光景。三人が街から出ていく時のこと。彼女は当然のことだと思っていたし、もうひとりも納得していたけれど、最後のひとりは街の人々に対して後ろ髪を引かれていた。

たとえばそれは古い城での光景。ずっと一緒だった三人が別れてしまう時のこと。彼女は大きな嘘をついて決断し、もうひとりはその嘘を察して納得し、最後のひとりは必死に反対した。

たとえばそれは重なった記憶の光景。理緒がハーフヴァンパイアになった日からのこと。彼女は理緒を通して教授のことを見ていて、その変化に嬉しさと淋しさを感じ、やがて自分の未練に気がついた。

夢は他にも様々あり、色んな土地、色んな時代の日々が垣間見えた。たとえば彼女が教会の代わりに『人ならざるモノ』から人々を守っていた時のこと、死に瀕している教授とユフィさんを見つけてヴァンパイアにした時のこと、まったく他のヴァンパイアたちと交流している時の夢もあった。

でも多すぎる。膨大な時間が流れ込んできて、頭が破裂してしまいそうだ。

すると、ふいにどこからともなく『みゃあ……』と鳴き声が聞こえた。頬を舐められるような感覚と共に子猫の姿が脳裏を掠め、苦しさが和らいだ。

……猫鬼？

間違いない。猫鬼だ。力の使い方を教えてくれている。

ああ、そうか、そういうことだったんだ……。

氷室教授は言っていた。日本の『巫女』は雨乞いのような天候操作からイタコの口寄せのような死者の代弁まで行い、悪鬼を祓う除霊や、夢を通した千里眼まで可能とする。そして理緒にもそんな才覚が目覚めるかもしれない、と。

教授の言う通りだった。この夢は『神女』であるリオの力、夢を通した千里眼だ。

ここ最近、理緒は毎日のようにイザベラさんの夢をみてきた。きっと召喚陣を通して繋がっていた影響だろう。それによって夢による千里眼の力が目覚めたのだ。起きると同時に内容を忘れてしまっていたけど、今ならば自分で制御できるような気がした。

猫鬼の導きに従って、理緒は夢を手繰り始める。

パズルのピースが嵌まるように色んなことがわかってきた。

イザベラさんは教授とユフィさんに嘘をついた。儀式を行った本当の理由は『真祖』の謎の解明じゃない。じゃあ、本当の目的はなんだったのか。

夢のなかの理緒を通して、イザベラさんは現在の教授を知り、自分が抱える未練に気づいた。その未練とはなんだったのか。

そして今自分がやりたいこと、やらなきゃいけないことも……わかった。それはとても哀しいことだし、大変なことでもある。だけど選ぶべきだと思った。

召喚陣の場所はもうわかっている。ヒントは最初の夢。他の夢はイザベラさんの記憶だったけど、最初にみた夢だけはこの教会が舞台だった。夢のなかで自分は視界だけで浮遊し、この教会の地下室に幾何学的な模様があるのを見た。そこにはプラチナブロンドの女性が座り込んでいたが、あれはこの街に召喚された直後のイザベラさんだったのだろう。

つまり召喚陣は教会の地下にある。場所さえわかれば、あとは呼ぶだけ。召喚陣は応えてくれる。

やろう。選び取ろう。

だって、こんなところで氷室教授に死んでほしくない。それに何より、

「僕の望みは……僕と教授、二人で人間に戻ることだから！」

瞼を開き、理緒は声を張り上げた。夢から現実へ戻り、力を解放する。ハーフヴァンパイアの力じゃない。神崎家の『神女』の力だ。

途端、床に幾何学的な模様が浮かび上がった。礼拝堂の真下にある召喚陣が呼応し、こ

こまで力を伝えてくれているのだ。

眩いほどの光が迸り、清浄な輝きが赤い闇を消し飛ばしていく。召喚陣の光を浴びたことで、赤いコウモリたちは逃げ惑い、砂のように崩れ出した。

床の絨毯や長椅子の瓦礫、祭壇やパイプオルガン、そして天井のステンドグラス、闇が一掃され、元の景色が戻ってきた。ただしすべてが同じじゃない。礼拝堂は今、召喚陣からの光で眩い輝きに満ちている。理緒はその真ん中に倒れ、氷室教授に抱き締められていた。スーツに包まれた腕は力強く、何があっても守り抜く、という意志を感じる。

少しくすぐったい気持ちで理緒はその腕に触れる。

「もう大丈夫ですよ、氷室教授」

「……なん、だと……？」

はっとした様子で教授が体を起こす。もうコウモリたちのいない、光に包まれた礼拝堂がその目に映る。

「これは……っ」

床に浮かび上がった模様に教授はすぐに気がついた。

「召喚陣？　理緒、お前がやったのか……っ」

「はい。もう力の使い方もわかってます。たぶん何もかも把握できたわけじゃないですけど、今必要なことくらいは理解できました。……あの子のおかげで」

床から上半身を起こし、祭壇の方を見る。そこには半透明の子猫がいて、みゃあ、と鳴き、体を翻して消えていった。理緒は「……ありがとうね」とお礼を言い、立ち上がる。

「教授の言っていた通り、僕に呼応したことで召喚陣は正常化しました。やっぱり綻びがあって、そう長くは保ちませんが、少しの間なら大丈夫です」

召喚陣のことは感覚的に伝わってくる。何かを知りたいと思えば自然に情報が頭のなかに流れ込んでくるし、やりたいと思ったことは手足を動かすような感覚で実行できる。

ハーフヴァンパイアの力とは違う、不思議な力だった。でも決して万能じゃない。不可能なことはやっぱり不可能だった。

「……もう一つ、教授の言ってた通りのことがあります。イザベラさんは……」

ちゃんと言葉にすることができず、視線で示した。

教授も立ち上がり、視線を追って振り向く。スーツはボロボロだけど、教授の体は回復し始めているようだった。やはりヴァンパイアは限りなく死から遠い存在なのだろう。だけど例外もある。どうにもならないことは、どうにもならない。

「……ああ、そうか。そうだな……」

ブロンドの下、唇が噛み締められた。

視線の先ではイザベラさんが呻き声を上げて蹲っている。体中に亀裂が走り、末端から少しずつ崩れ始めていた。

教授が推測していた通り、正常化したことで召喚陣はイザベラさんを『神女』に害を為す使い魔と見なし、力の供給を断ったのだ。これに関しては理緒のコントロールも受け付けてはもらえなかった。おそらくは『神女』を守ることを最優先にして召喚陣は作られているのだろう。

「………………」

崩れていく『親』を前にして、教授は立ち尽くしていた。嘆くでもなく、拳を握り締めて耐えるでもなく、ただ立ち尽くしている。

教授はずっと彼女を救うために生きてきた。

その長い長い旅路の終わりがここにあった。今、どんな思いがその胸に湧き起こっているかはわからない。

理緒は小さく自分の手を握る。

氷室教授は命懸けで、身を挺してまでコウモリたちの牙から守ってくれた。あの時間がなければ、召喚陣と繋がるのは間に合わなかったろう。それに何より、氷室教授は幸せを願ってくれた。とても優しい笑顔で理緒の幸せを祈ってくれた。

だから自分も選ぼうと思う。それはとても大変なことだけど、そうしたいと思った。

「氷室教授、これを」

理緒はポケットからある物を取り出し、教授に差し出した。

それは銀色の懐中時計。ユフィさんから譲り受けた、理緒の分だ。

「あげます。氷室教授の分と合わせて、二つの懐中時計をイザベラさんに渡して下さい」

「なんだと？」

こちらを向き、教授は訝しげに眉を寄せる。だけどすぐに首を振った。

「お前の気持ちはありがたい。だが……無駄だ。懐中時計を使って人間に戻し、イザベラを救おうと考えたのだろうが……効果はない。その懐中時計はヴァンパイアの影響を打ち消すものだ。イザベラは不完全とはいえ、『真祖』の領域に踏み込んでいる。高位存在に対しては懐中時計の禁術も通用しない。そもそもが……すでに肉体の崩壊が始まっている。どちらにしろ手遅れだ」

「わかってます」

「なに？」

イザベラさんはもう助からない。それは召喚陣と繋がっている理緒が一番理解している。だけど、まだできることはある。それはとても小さなことかもしれない。ひょっとしたら余計なことかもしれない。それでもやるべきだと思った。

他ならぬ、氷室教授の幸せのために。

「懐中時計は使いません。使わずに、イザベラさんに還してあげたいんです」

「還す？　どういうことだ？」

「今からイザベラさんの嘘と未練を教えます。余計なことかもしれないけど、でも絶対その方がいいと思うから」

理緒の意思に応えて、召喚陣の光が増す。蛍のような淡い光がいくつも舞い、礼拝堂を満たしていく。

教授が「……？」と自分のこめかみを押さえた。眠気を感じているのかもしれない。でも召喚陣の力を借りた今ならば、起きたまま夢へと誘える（いざな）はずだ。

「身を委ね（ゆだ）て下さい。僕のみてきた夢を教授にも伝えます」

本来、召喚陣にそこまでの力はない。でもできると思う。自分と教授はヴァンパイアの血で繋がっている。イザベラさんと繋がったように教授とも繋がることができるはずだ。

理緒は起きたまままみる夢、白昼夢へと教授を誘う。

それはイザベラさんの記憶を巡る旅だ――。

――気づいたのはいつからだったろうか。

最初にレオとユフィを眷属（けんぞく）にした時から薄々感じていたようにも思うし、長い旅のなかで徐々に確信していったようにも思う。

たとえば人間の街で過ごす時のこと。自分やユフィは簡単に人間たちの輪のなかへ入っていける。そうして彼らと言葉を交わし、必要なものを与え、街での基盤を築く。そこになんの恐れもない。ウサギの群れのなかへ入って背を撫でることに躊躇する者がいないのと同じことだ。我々はヴァンパイアという超越種、人間たちに引け目を感じる必要はない。

しかしレオは違う。あの子はいつも人間たちを遠くから眺め、関係を築くのにひどく時間が掛かった。どうやらウサギに触れることに躊躇いがあるらしい。おかしな話だ。たとえウサギが嚙みついてこようと、その小さな歯が我らを傷つけることはない。むしろ貧弱なウサギたちを外敵から守ってやることの方が多い。そんなウサギたちに対して何を遠慮することがあるだろう。

街を離れる時もレオの様子は不可解だった。ヴァンパイアは不老不死なため、一つの街に長く留まることはない。十数年から数十年程度でまた新たな街を目指すことになる。旅立ちの時、レオはいつも表情が優れなかった。街で人間たちと過ごした日々に後ろ髪を引かれているのだ。ユフィが言うには、時間を掛けて関係を築き、共に日々を過ごしたことで情が移ったらしい。自分には意味がわからなかった。ウサギなどこの地上にいくらでもいる。別の街にいけば、別の群れがある。そこでまた新しいウサギを愛でればいい。一体、何を哀しむことがあるのだろう。

だがいくつもの街を巡り、いくつもの土地を旅するなかで、ようやく結論づけることができた。

レオはヴァンパイアに向いていない。

人間たちに対してあまりに情が深過ぎる。

ヴァンパイアとは孤高である。本来は群れなど成さず、完全な単体として永遠を生きる存在だ。無論、眷属に対しては厚く目を掛けるが、それもいずれは独り立ちする。孤高に生きる魂こそがヴァンパイアには求められる。

その点、ユフィにはなんの心配もない。あの子は自分と同じくヴァンパイアの素養を備えている。苦悩や迷いはあっても最後には飄々と生きていくだろう。

だがレオは……きっとそうはいかない。あの子は孤高の魂を持っていない。

人間を下等なウサギと見なさず、心のどこかで自らと対等な存在と捉え、輪に入っていくことに躊躇い、時間を掛けて関係を築いてはいつか去る時にひどく傷つく。その哀しみは繰り返される。悠久の時のなかで何度も何度も反復していく。その度にレオは傷つき、やがては摩耗してしまうだろう。

……私はこの子に何をしてやれるだろう。

三十年ほど考え、ヴァンパイアの生き方を徹底的に教え込むことに決めた。

人間は下等な生き物で、我々ヴァンパイアとは比べるべくもないと心得ること。必要な時は躊躇わず記憶を操作するなどし、上手く使ってやること。ただし人間たちが窮した時には『高貴なる者の義務（ノブレス・オブリージュ）』の精神で救ってやらねばならない。なぜなら我らは人間など足元にも及ばない超越種なのだから。

根が生真面目なレオは『親』からの教えを余さず吸収した。人間に対して貴族然とした姿勢で振る舞えるようになり、もはや輪のなかに入ることを厭（いと）うこともない。超越者の目線で堂々と人間たちに言葉を掛けられるようになった。

だがそれでも街を離れるとなったなら、その瞳（ひとみ）から憂いは消えなかった。繰り返される人間たちとの別れはレオの心を蝕（むしば）んだ。

……本当に、この子に何をしてやれるだろう。

たとえば人間の母がするように心に寄り添ってやれれば良かったのだろうか。だがやり方がわからない。心への寄り添い方など私は知らない。

慰めの言葉を掛けようとすれば、それは欺瞞（ぎまん）に満ちたものになるだろう。なぜなら私は人間との別れが哀（かな）しいなどと、ただの一度も思ったことがないのだから。

導きたくても、導いてやれなかった。

また三十年ほど考えた。答えが出ず、さらに三十年。それでもわからず、四十年、五十年と悩み続けた。

やがて日々の大半が思考に費やされるようになった頃、ふいに気づいた。これほど長く生きてもなお、たったひとりの『子』を導けぬほど、自分は未熟なのだと。

　思わず笑ってしまった。ちょうど戯れにハープを弾いている最中で、ユフィに怪訝な顔をされたのを覚えている。そう、自分は未熟なのだ。ヴァンパイアに向かぬあの子を無理やりヴァンパイアらしく仕立てようなどということが間違っていた。

　人生の道行きは、あの子自身が選べばいい。

　だから、自分はその選択肢を与えてやろう。

　為すべきことを決め、拠点を英国の古城に移した。必要な研究を始め、準備が整うまで九十年。それは今までで一番長い日々のようにも感じたし、瞬くような一瞬の短さにも感じた。

　やがて儀式の準備は整った。

　行うのは――『ヴァンパイアを人間に戻す』禁術の作成。

　古代錬金術で組み上げた懐中時計を用意し、儀式によってそこに禁術を仕込む。レオとユフィ、兄弟で一つずつ。おそらくユフィには必要ないだろうが、スペアがあって困ることはない。

　代償は我が生命。ヴァンパイアの血の影響を打ち消すには当然その程度は必要になる。この儀式が成功すれば、それが長かった人生の終幕になる。だが構わない。

　もう十分に生きた。

　これでいい。この生命の先にレオの未来が築かれるのだから。

あの子は呆れるほどの出逢いと別れを繰り返し、いつか立ち止まってしまうだろう。永遠の途中で、ヴァンパイアとして生きることに耐えられなくなる時がきっとくる。

その時こそ、懐中時計が役に立つ。人間に戻ってもいい。ヴァンパイアとして生き続ける覚悟を固めてもいい。その選択肢を与えてあげたい。

だから私はここで終わる。

そして一つ、嘘をついた。

儀式が自分のためだと知ったら、レオは気に病むだろう。おそらく今よりもっと哀しみに暮れてしまう。だから儀式の目的は『真祖』の謎の解明ということにした。本当は今さら解明することなど何もない。『真祖』が一体どんなものだったのか、最古参のヴァンパイアの一角である自分は知っている。しかし偽りの目的にするにはちょうどいい。

儀式の本当の目的が懐中時計だということにユフィは気づいているかもしれない。それでも最後まで口にすることはなかった。そういう子だ。きっと『親』の意図を汲み、この先レオが迷った時は手を差し伸べてくれるだろう。

そうして儀式は成功し、懐中時計は禁術の力を得た。古きヴァンパイアの魂——記憶や心といったものを代償とし、『ヴァンパイアを人間に戻す』術を宿した。

イザベラ＝ロード＝アウラの生涯はこうして幕を閉じた。

……はずだった。夢をみている。とうに生命を失くしたはずの者が揺蕩うように夢をみていた。

夢の舞台は遠き異国の地。そこにはレオがいて、ユフィがいて、我が血に連なる新たな少年――理緒がいた。それは自分が儀式を成功させ、死した後の世界。この目で見るはずのなかった物語。なぜこんな夢をみるのだろうかと考え、やがて思った。

……未練だろうか。

もしもこの夢に意味があるとしたら、この地に呼び出されたことに必然があるとしたら、その中心にあるのは未練かもしれない。未練とはもちろん……レオのことだ。

不安だった。レオの心は今も孤独を抱えている。人間の老人と出逢い、彼との大きな別れを経験し、理緒をヴァンパイアとして育てようとしているがそれも順風ではなく、迷いが見える。

というのも理緒はハーフヴァンパイアである。つまりレオはヴァンパイアたる自分の人生を肯定できていない。

……これは私の失敗だ。

あの儀式からどれほどの月日が経っているのかはわからない。だが幾多の年月が流れてもレオは迷い続けていた。

もっとしてやれることがあったのかもしれない。他にも与えてやれるものがあったのかもしれない。揺蕩うような夢のなか、考えれば考えるほど後悔は募った。自分がもっと手を尽くせば、我が子が思い悩むことなどなかったろうに。それが……未練。

ちゃんと愛してあげたかった。

あの子が望む愛情を真っ直ぐ与えてやりたかった。

だけどもう何もできない。死者が生者に語ることはできない。深く沈み込むような後悔のなかでこの身はただ夢をみる——。


——理緒はゆっくりと瞼を開いた。

礼拝堂のなかは今も光に満ちている。そのなかで氷室教授は肩を震わせていた。視線は崩れゆくイザベラさんを見つめ、嗚咽のような言葉がこぼれる。

「お前は……っ」

血を吐くように叫ぶ。

「そんなことを考えていたのか……っ」

きっとすぐには受け止められないことだと思う。儀式の真相、イザベラさんの未練、それらは教授が考えていたものとあまりに違った。

だけど時間がない。混乱している教授に向き合い、理緒は懐中時計を握り締める。

「もう一度言います。この懐中時計をあげます。教授の力でイザベラさんに還してあげて下さい」

「な……っ」

「今見た通り、この懐中時計はイザベラさんの記憶と心を使って作られました。だからこれを還せば、元のイザベラさんに戻れるんじゃないでしょうか。ほんのわずかの間でも、もう一度言葉を交わすことができるはずです」

「自分が何を言っているのか、お前はわかっているのか!?」

さっきまでの冷静さがなくなっていた。その教授の態度で確信できた。この考えは間違っていないのだと。

かつてイザベラさんは自分の記憶と心――魂を使ってこの懐中時計を作り出した。召喚陣で呼び出された今の彼女が本能だけの存在だったのは、魂が失われていたからだろう。

ずっとみていた夢はきっとこの懐中時計から流れ出したものだったのだと思う。このなかには彼女の魂がある。だとしたら、懐中時計を還すことでイザベラさんを元に戻すことだってできるはずだ。

すでに末端から崩れかけ、肉体は崩壊を始めている。終わりは避けられない。それでも最期に言葉を交わすくらいはできるはずだ。だけど教授は拒むように言い募る。

「懐中時計を還せばどうなると思う⁉ 当然、禁術の力は失われる！」

　必死な表情で教授は声を荒らげる。

「お前が……人間に戻る術が失われるのだぞ⁉」

　悲痛な叫びが礼拝堂に木霊した。教授は肩を震わせて俯き、絞り出すように続ける。

「イザベラが戻るとしても死は避けられん。ほんのわずかな邂逅のためにお前の未来を奪うことなどできるものか……っ」

　理緒は苦笑する。目の前の人の優しさが嬉しくて、つい意地の悪いことを言いたくなった。

「でも教授にとってはその方がいいんじゃないですか？　僕をヴァンパイアとして育てたいわけですし」

「……っ。それは……っ」

　いつの間にか頭痛もしなくなっていた。神崎家の『神女』の力のおかげかもしれないけれど、ひょっとしたら何かの拍子に弱点を克服してしまった可能性もある。だとすればよりヴァンパイアに近づいたということで、教授にとっては願ったり叶ったりのはずだ。

　だけど教授は言いづらそうに視線を逸らす。

「……正直、迷い始めていた。お前をヴァンパイアとして育てあげれば、あの両親から引き離してしまうことになる。それは果たして正しいのか。そんなことを私は本当にできるのかと……。それにイザベラを討伐すれば、私の無意味な研究は真に意味を失う。もし生きて戻れたならば、懐中時計を渡してお前を人間に戻してやるべきかと思っていた……」

「そんなこと考えてたんですか」

つい苦笑が深くなった。

お互い様かもしれない、と思った。結局、大切な人のためならなんだってしたいし、自分のことなんて後回しになってしまうんだ。だけど、これじゃあいつまで経っても前に進めない。だからちょっとだけ我が儘を言おうと思った。

「氷室教授が見つけて下さい」

「なに？」

「僕が人間に戻れる、新しい方法。教授ならきっと見つけられますよね？　懐中時計の代わりに見つけて下さい。それでチャラにしてあげます」

「な……」

無理やり教授の手に懐中時計を握らせた。

「僕の幸福が何よりの幸せだって言ってくれたこと、嬉しかったです。でもお互い様なんですよ？　僕だって教授には幸せになってほしい。前を向いて未来に進んでほしい。だからちゃんと向き合って下さい。イザベラさんの気持ちを受け止めて、未練を晴らしてあげて下さい。今しかないんです。これが最後のチャンスなんです。夢でみたでしょう？」

蛍のような光が舞っていた。

優しく温かい輝きが二人を包み込んでいた。無数の光をステンドグラスが反射して、すでに朽ちたはずの礼拝堂は美しく彩られていた。

懐中時計を渡した手を握り締め、理緒は言う。

「教授、あなたは……」

真っ直ぐに目を見つめて。

「捨てられてなかったんです」

祝福のような光のなかで理緒は微笑(ほほえ)んだ。

「僕と同じように、ちゃんと愛されていたんですよ」

「……っ」

教授の表情が崩れた。

恐ろしく長い遠回りだったと思う。あるいは不老不死のヴァンパイアだからこそなのかもしれないけれど、とても長い間、教授とイザベラさんの想(おも)いはすれ違っていた。イザベラさんは教授のために命を投げ出し、その教授はイザベラさんを救うために長年研究を続けてきた。

もう報われてもいいはずだ。ほんのわずかな時間だっていい。ちゃんとお互いの気持ちを伝え合ってほしい。心からそう思った。

「……いいのか？」

　ぽつりと教授がつぶやく。

「……後悔はしないか？」

「しません」

　理緒は即答した。

「後悔なんてしようがないです。だって教授が新しい方法を見つけてくれますから。あ、ちなみに二人分お願いしますね？」

　冗談めかして追加の要求をしてみる。なんの憂いもない、信頼を込めた笑顔を向けて。

「教授も一緒に人間になってもらうこと。それが僕の願いで、僕の幸せですから」

「……やれやれ」

　困ったように教授は吐息をはく。そのまま瞼を閉じ、ゆっくりとまた開くと、そこにはいつもの自信に満ちた顔があった。

「生意気な眷属（けんぞく）だな」

「眷属はやめて下さいってば！」

　軽口を言い合い、理緒は手を離す。そうして完全に懐中時計を渡した。

「それで……できますか？　懐中時計をイザベラさんに還すこと」

「誰にものを言っている？」

スーツのジャケットが勢いよくなびいた。途端、教授の影からコウモリたちが飛び出す。羽音が軽快に響き、かぎ爪のような足には見たことのない道具が掴まれていた。

透明な歯車のついた銅板のようなもの、大陸の描かれていない海だけの古めかしい地球儀、呪文の刻まれたお札付きのランプ、その他様々な道具がコウモリたちによってイザベラさんのまわりに配置されていく。

教授は足音高く近づいていった。

「私は長年に亘って『真祖』の研究をしてきた。イザベラの懐中時計とは効果が違うが、禁術の類ならば私も数多く所有している。これらを触媒とし、さらにはイザベラと直接繋がった召喚陣の力も活用しよう。見ているがいい、理緒。私に掛かれば懐中時計の禁術の解除など――造作もない！」

配置された数々の道具が音を立てて砕け散った。その欠片が召喚陣の光のなかに溶け込んでいく。禁術と言うくらいだから、きっとどれもが『宝石光のランタン』より希少な道具なのだろう。それらを惜しみなく呑み込み、召喚陣の光が増大していく。

どこからともなく強い風が吹き、教会のなかを駆け巡った。長椅子の破片やステンドグラスの欠片が空中に撒き上げられ、蛍のような光も舞い上がる。

ジャケットの裾を風に遊ばせ、教授は自分の分の懐中時計も取り出す。

目の前には蹲って呻いているイザベラさん。教授は彼女を静かに見つめ、二つの懐中時計を手放した。銀色のチェーンが流れ星のように尾を引き、床へ落ちていく。そして自然に表蓋(おもてぶた)が開いたかと思うと、針が逆側にまわり始めた。懐中時計は床に転がったが、星のような光がこぼれていく。星の光だけは空中に留(とど)まって、イザベラさんの体に溶け込んでいく。

そして奇跡は起きた。

ずっと響いていた呻き声が止まった。

強張(こわば)っていた体から力が抜け、ドレスの裾が揺れる。

周囲には淡い光が舞っていて、教授は静かに見つめていた。

その視線の先でイザベラさんがゆっくりと顔を上げる。

「……？」

教授の姿を視界に収め、イザベラさんは少しだけ小首を傾(かし)げた。まだどこか微睡(まどろ)んでいるような瞳(ひとみ)で不思議そうにつぶやく。

「……レオ？」

「……っ」

名を呼ばれた瞬間、スーツに包まれた肩が震えた。強く、とても強く教授は両手を握り締める。嚙(か)み締めた唇はそれでも戦慄(わなな)きが止まらない。

それは願いが叶った瞬間だった。

氷室教授はただこの時のために、たったひとりの人を救うために長年に亘って研究を続けてきた。想定していたものとは違ったかもしれないし、過程は教授にとって不本意なものだったかもしれない。

だけど今、イザベラさんは名を呼んだ。しっかりと教授のことを認識した。この奇跡は間違いなく、教授の長年の歩みが成し得た成果だった。

「私が……わかるのか？」

掠れた声で教授は尋ねた。

ゆっくりと頬が動き、イザベラさんは口元に苦笑を形作る。

「……もちろんですよ。私を誰だと思っているのですか？　あなたの『親』ですよ？」

「……っ。そう……だな」

声が上擦り、教授は顔を背ける。

一方、イザベラさんは床の懐中時計に目を留めた。もうその秒針は動いていない。力を失い、役目を終えたように止まっている。

「これは……」

崩れ始めている自分の両手にも気づき、イザベラさんはさらに教授の背後へ視線を向ける。

「理緒……？」

「はい、僕です。イザベラさん」

目が合い、頷きを返した。以前とは違い、意思疎通できていることを肌で感じる。同時に召喚陣を通した繋がりも強く実感した。彼女も同じなのだろう。

「ああ……」

ボロボロの手を下ろし、イザベラさんは吐息をこぼす。

「今際の際の夢だとばかり思っていましたが……そういうことだったのですね」

状況を察した表情だった。

イザベラさんのみていた夢からすると、さすがに何もかもを把握できたわけじゃないと思う。神崎家の召喚陣の知識などは夢では得られなかったはずだ。それでも氷室教授以上にヴァンパイアとしての人生経験を持つイザベラさんは正しく状況を理解していた。

「どうやら……あなたたちにひどい迷惑を掛けてしまったようですね。眷属たちにこんな後始末をさせることになろうとは……情けない限りです」

心底悔いるようにイザベラさんは俯いた。それを見て、教授は言葉を掛けようとする。しかし何を言えばいいのか分からなかったのか、「……」と口を閉ざした。

無理もないことだと思う。夢でみたイザベラさんは教授の前でずっと毅然としていた。誇りあるヴァンパイアの姿を見せ続けていた。こんなふうに肩を落とす彼女なんて、教授は見たことがなかったのかもしれない。

でも理緒は知っている。

　イザベラさんが教授のためにどれだけ悩み、考え、迷ってきたかを。そして今の教授ならきっとそういう彼女の気持ちを理解してあげられるはずだ。だからそっと近づき、スーツの背中を押した。

「教授、イザベラさんは教授と同じです。僕からしたら二人はそっくりな、似た者同士なんですよ？」

　その意味を教授はすぐに察したようだった。こちらの顔を見ると「ああ」とつぶやき、

「……確かにそうだな」

　苦笑いで頷いた。意を決するように膝（ひざ）をつき、イザベラさんに視線を合わせる。

「実際、とてつもない迷惑だったぞ。まさか『真祖』の領域に足を踏み入れかけたお前の相手をさせられるとは……一晩掛かっても文句を言い足りないくらいだ。だが安心しろ、イザベラ。この程度の後始末、今の私にとってはどうということはない」

　淡い光が舞うなか、教授はもう動かない懐中時計を手に取る。

「この禁術は……私のためのものだったのだな？」

　イザベラさんは目を逸（そ）らす。教授は静かに言葉を続けた。

「まったく……おかげで無用な研究を長年続ける羽目になったぞ」

　懐中時計がぎゅっと握り締められた。

「少し以前の私が真実を知ったなら……きっとこう言っただろう。『命を投げ出して人間に戻る手段を作っただと？　この私のために？　そんなことを頼んだ覚えはない！』と」

理緒は静かに吐息をこぼした。確かにそうだと思う。清一さんを見送る前の教授なら、きっとそう言って嘆いたはずだ。

だって、そばにいてほしいから。

人間のまま死ぬくらいなら、ヴァンパイアになって一緒に生きてほしい。

人間に戻る手段を作って命を投げ出すくらいなら、ずっと共に旅してほしい。

それが以前の氷室教授の本音だったはずだ。

「だが物事というのはそう単純ではなかった。自分が『親』になってよくわかったよ。『子』のためのより良き道があれば、迷わずそれを選んでしまう。『親』とはそういうどうしようもない生き物だ」

たとえばそれは。

清一さんが理緒と教授のために人間としての最期を見せたように。

イザベラさんが命を賭して教授のための懐中時計を作り出したように。

氷室教授が身を挺して赤いコウモリたちから理緒を守り抜いたように。

「今ならわかる。清一やイザベラが私に向けてくれていた想いがどんなものだったかが」

光が礼拝堂を柔らかに照らしていた。ステンドグラスがそれらを幾重にも反射し、辺りはまるで星の海のよう。

「だからイザベラ」

氷室教授は手を差し伸べた。

そして微笑む。

理緒に見せてくれたような、とても優しい笑顔で。

「――ありがとう。私はもう大丈夫だ」

捨てられてなどいなかった。

真っ直ぐに愛されていた。

未練に思う必要なんてない。

想いはちゃんと伝わったから。

短い言葉と優しい笑顔、そして差し伸べられた手に、それらすべての気持ちが込められていた。

「ああ……」

イザベラさんは両目を見開く。

「そうか、あなたは……」

無数の光に照らされ、大きな驚きと共に言う。

「……もう子供ではないのですね」

憑き物が落ちたようにイザベラさんの表情が和らいだ。たぶん彼女のなかの教授はずっと孤独を抱えた子供だったのだろう。だけど今の教授はそうじゃない。数多の出逢いを経て、理緒を――『子』を守れる人になった。

もう彼女が導いてやる必要はない。

むしろ力強く手を差し伸べられている。

イザベラさんはそっと教授の手を取った。すると、どこからともなく涼しげな音色が聞こえてきた。礼拝堂の外からのものだと気づき、理緒ははっと扉の方を向く。これはハープの音色だ。

「ユフィさん、無事だったんですね……っ」

二人も理緒同様に気づいたらしい。

「逢いにいくか？」

「ええ、ぜひ」

教授がイザベラさんを抱き上げた。扉まではほんの数メートルしかない。だけど、それがとても大切な時間になると理緒は気づいていた。

ドレスの裾から伸びる足はヒビ割れていて、すでに原形を留めていない。もう彼女は自力で歩くこともできない。終わりが近づいている。

「いこう」

星の海のような礼拝堂のなかを教授は歩き始めた。その首に手を回し、イザベラさんは囁く。さらさらと砂のように体を崩していきながら。

「ああ、氷室清一もこんな気持ちだったのでしょうね……」

清一さんのことはイザベラさんも夢を通して知っている。だからこその言葉だった。

「我が『子』の成長の……なんと誇らしいことか。けれど私は……」

イザベラさんの表情には確かな安堵があった。それはきっと教授が一人前になったことを確信したから。でも同時に大きな後悔も滲んでいた。

「私は氷室清一のようにあなたたちに言葉を残すことができません。散り際にこれほど『子』らに迷惑を掛けて、一体なんの言葉を残せましょう……」

だから、と彼女は言った。

「忘れて下さい。私のことなどすぐに忘れ、どうかあなたたちは健やかな日々を……」

寄り添うように二人の横を歩きながら、理緒は教授が唇を嚙み締めたことに気づいた。

思い返すのは……清一さんを見送った、星空の夜のこと。

あの時も教授は『親』を抱えていて、終わりに向かって歩いていて、そして……言葉を返すことができなかった。

清一さんが与えてくれたたくさんの言葉に対して、教授は一言も返事ができなかった。

口を開けば、嗚咽がこぼれてしまうから。

そんな情けない姿を理緒に見せるわけにはいかないから。

だけど今、

「忘れるものか」

教授ははっきりと告げた。

その瞬間、青い瞳(ひとみ)から一滴の涙がこぼれた。唇は震えていて、声には嗚咽が交じっている。だけど一切構う様子はない。泣き顔を堂々と見せ、教授は笑う。

「忘れてなどやるものか。お前たちが与えてくれた想い、託してくれた祈り、それがどれだけ大きなものだと思っている？　忘れられるわけがないだろう。私たちはずっと覚えている。お前たちとの記憶をすべて胸に焼き付け、生きていくんだ」

理緒はもらい泣きの涙をこぼして喉(のど)を詰まらせる。

そうです、教授の言う通りです……っ。

忘れない。大切な人たちのことを絶対忘れない。そうやって心のなかでずっと一緒に歩いていく。

「しかし……っ」

イザベラさんの顔に苦悩が浮かぶ。

「私はあなたたちに迷惑を、きっと手酷(てひど)く傷つけるようなことをしたはずです……っ」

「言ったろう？　この程度の後始末、今の私にはどうということはない」

「私が勝手に消えたせいで、あなたはユフィとも別れて独りになって……っ」

「私も同じだ。理緒のためと思って、様々に試行錯誤をしても何一つ上手くいかん。そういうものなのだろうさ」

「きっと、もっとしてやれることがあった……っ」

「十分にしてくれた。だから今の私がある」

氷室教授の表情はとても穏やかだった。礼拝堂の扉はもう目の前で、イザベラさんの終わりはすぐそこに迫っていて、青い瞳の奥には喪失への恐怖が確かにある。

それでも心を包み込むような温かさで教授は告げた。腕のなかの大切な人のために。

「我が『母』、イザベラ＝ロード＝アウラ」

ブロンドがふわりと揺れて。

「私は——あなたの『子』で良かった」

「……っ」

イザベラさんが声を詰まらせ、瞳に涙が滲んだ。教授の視線は扉の向こうへ。

「お前もそうだろう?」

呼びかけた先、そこにはユフィさんが立っていた。ボロボロになった吟遊詩人姿でハープを弾いている。ポロン、と最後の一音を終え、彼は笑った。

「もちろんさ。当たり前じゃないか」

同時にユフィさんの頬にも涙がこぼれた。

「ユフィ……」

イザベラさんの瞳に驚きが交じる。

思えば、一番色んなことに耐えていたのはユフィさんだったのかもしれない。

イザベラさんの儀式に危険があると知りながら、それが教授のためだと気づき、ユフィさんはあえて反対しなかった。そのせいで袂（たもと）を分かつことになっても何も言わず、ずっと兄弟である教授のことを見守り続けた。

自分と似ているから大丈夫だ、とイザベラさんは考えていたけれど、本当はユフィさんも歯を食いしばって耐えていたんだと思う。それもこれもすべては大切な『家族』のために。

「ああ、本当にこの『子』たちは……っ」

ヒビの入った手を伸ばし、イザベラさんがユフィさんを腕に抱く。もう一方の腕はもちろん教授を抱き締めていた。

「まさかロードの名を冠した私がこんな温かな最期を迎えようとは……っ」

二人の『子』を抱き締め、イザベラさんは涙を流す。孤高と呼ばれたヴァンパイアには似合わない、温かい涙だった。

見上げれば、星空。

雲間からは美しい月も姿を見せ、柔らかな光のヴェールを下ろしていた。

召喚陣の繋がりを通して、彼女の気持ちが伝わってくる。

……ありがとう、理緒。未練は晴れましたよ。

理緒は泣きながら頷いた。ヒビ割れはすでに亀裂となり、イザベラさんの体が崩壊していく。それでも彼女は力いっぱいに二人の『子』を抱き締めた。

「……良い生涯でした。思い返せば己の未熟さを恥じるばかりだけれど、終わってみればなんの悔いもない。何もかもあなたたちのおかげです。だから今度はあなたたちの番。私にくれたこの幸福が、どうか次はその身に降り注ぎますように。私の『子』らの未来が幸多きものになりますように……」

月灯かりの下で彼女は微笑む。

どこまでも穏やかで、本当に幸せそうに。

そして紡がれるのは最後の言葉。

「レオ、ユフィ、理緒……」

それはきっと、不器用な彼女が生涯を懸けて伝えたかった、心からの言葉。

「あなたたちを――」

こぼれるような笑顔と共に。

「――愛しています」

その一言を最後に真紅の瞳は色を失った。

力尽きたように瞼(まぶた)が閉じられ、そこに無数の雨が降り注ぐ。教授は涙を隠そうとしなかった。ユフィさんも涙が流れるままに任せていた。

イザベラさんの体はやがて完全に崩れ去り、風に運ばれるように消えていった。

こうして。

月と星に見守られた、夏の夜。

たくさんの優しい雨に見送られ、彼女は長い生涯を終えた。

幸せな微笑みの余韻を残し、遠い空へと旅立っていった——。

エピローグ――眩い光の方へと――

試験期間も終わった、七月の末。

窓の向こうには益々強くなった陽射しが照りつけ、大きな入道雲が流れている。

理緒は無事に前期の単位をすべて取得できたという報告がてら、氷室教授の研究室にきていた。いつものようにティーカップに紅茶を注ぎながら、ふと思い出して口を開く。

「そういえば『真祖』って結局、なんだったんでしょうか？」

「ふむ？」

お気に入りのロッキングチェアに腰掛け、教授が小首を傾げる。その手にティーカップを渡しながら理緒は続けた。

「だってヴァンパイアのルーツについてはなんだかんだで謎のままじゃないですか。教授が世界中をまわっても『真祖』の足跡は見つからなかったわけですし、一体なんだったのかなって」

イザベラさんの儀式も結局、『真祖』に至るためのものではなかったので、ヒントのようなものは何もない。ヴァンパイアという存在の大本は依然、不明のままだ。

パイプ椅子に座って自分の分の紅茶を飲みつつ、理緒は考えを巡らせる。

イザベラさんを見送った夜から二週間ばかりが過ぎた。

あの後、理緒は心配してくれていたリュカとウールに合流し、召喚陣を探してくれていたゼミの先輩たちにも連絡を取って、無事に事態が解決したことを報告した。試験期間中だったので次の日には怒涛の勉強漬けの日々に入り、どうにか落ち着いたのはここ数日のことである。

ちなみに先輩たちも単位は無事に確保できたらしい。沙雪さんや広瀬さんは普段から勉強しているし、リュカは『ちょーっち、やべえかも……』と言っていたけど、どうにか必要な単位は取れたそうだ。今日は『ちっこいのに大学を案内してやるぜ！』と言って、朝からウールを連れてキャンパス内をまわってくれている。

氷室教授はというと、今のところ表面上変わりない。マンションの部屋が壊滅状態になってしまったのでその引っ越しや試験の採点でしばらくは忙しそうだったけど、ぱっと見はいつも通りの貴族気質な氷室教授だ。

ただ雰囲気は以前よりずっと柔らかくなった気がする。たぶん色んなことを自分のなかで消化している最中なのだろう。自分もそうなので理緒はなんとなく教授の気持ちがわかる気がした。

ユフィさんはあの夜以来、姿を見せていない。礼拝堂からの別れ際には『そろそろ別の土地にいってみようかな。レオももう心配ないみたいだしね』と言っていた。ただユフィさんの白いコウモリは大学や教授の新しいマンションのそばでちょくちょく見かける。旅に出るタイミングを考えているのかもしれない。

そして理緒は最近、あやかしの研究に興味が出てきた。理由は明白かつ切実で、懐中時計がもう使えないからである。仕込まれていた禁術の力はイザベラさんに還してしまったので、人間に戻りたいなら自力で方法を見つけ出すしかない。『真祖』のことが気になったのもそういう理由からだった。

夢でみた記憶からすると、イザベラさんは『真祖』について知っているような節があった。夏休みを利用して、イザベラさんが拠点にしていた古城にいってみたら何かヒントが摑めないかな……などと壮大な計画まで考え始めていたら、唐突に教授が言った。

ロッキングチェアに背中を預けながら、拍子抜けするぐらいあっさりと。

「『真祖』の正体ならば、すでに判明しているぞ?」

「へっ!?」

「おそらくは太古の神霊の類だったのだろうな」

長い脚を組み替え、教授は語る。

神霊とは大昔の神話の時代にいた神々のことらしい。たとえば日本神話やギリシア神話、北欧神話にエジプト神話、他にも『神々が登場する伝説』は世界中に現存する。

「民俗学における『神話』はあくまで人類の足跡をたどるための象徴的な物語として解釈される」

一方で、ヴァンパイアを始めとした氷室教授たちのような『人ならざるモノ』にとっても神々というのは未知の存在だそうだ。

「だが思い出してみるがいい。教会の前でイザベラが作り上げた、空が赤く染められ、地に降り注ぐようなあの光景を。あれはまさしく神話の再来のような光景だった」

「確かにあれは……この世の終わりかと思いました」

さすがに丘のまわりの住宅街には目撃者もいて、夜の間に記憶を消してまわるのが大変だった。一旦（いったん）教会を離れたリュカが目撃者の目星をつけてくれていて助かったのだけれど、そうじゃなかったら試験勉強なんてする暇はなかったかもしれない。

「イザベラの儀式の目的は『真祖』に至ることではなかったが、懐中時計に魂を込める過程で不純物を削（そ）ぎ落とし、結果的にその肉体は『真祖』に近いものになっていた。だからこそ土地の力を吸い上げ、あそこまでの光景を作り出すことができたのだろう。あれはもはや神霊レベルの所業だ。つまりは……」

「……『真祖』の正体は神様だった、ってことですか？」

「そういうことだ。あくまで私の結論だがな」

肘（ひじ）置きで頬杖（ほおづえ）をつき、教授は自然に頬を緩める。

「太古の時代、なんらかの神霊が降り立ち、人間と子を生(な)すことで新たな種を誕生させたのだろう。神と人の間に生まれた子の伝説は世界中にあり、民俗学ではこれを神婚説話(しんこんせつわ)と分類している。ヴァンパイアもその一つだったというわけだ」

しかしそうして誕生した新たな種の力はあまりに強く、教会の時のイザベラさんのように『荒ぶる神』の側面が強かった。だから人間との交配を繰り返し、『原初の血』を徐々に薄め、害の少ないものへと変えていった。その結果、生まれたのが現在のヴァンパイアという種なのだろう――と、教授は語った。

ヴァンパイアが人間の血を飲むのも、定期的に弱い血を摂取して『原初の血』を薄める必要があるかららしい。

「でもそうなると……」

教えられた内容を頭のなかで吟味し、理緒は視線を向ける。やや抗議のジト目で。

「教授がいつも人間のことを見下すようなことを言うの、失礼な話ですよね？　結局、ヴァンパイアは人間がいなきゃ生きていけないってことじゃないですか」

教授は「ふむ……」とティーカップを置き、間を置く。

琥珀(こはく)色の紅茶を見つめていた瞳(ひとみ)がチラリとこちらを見た。

「……そうかもしれんな」

苦笑を浮かべ、ぽつりとそれだけつぶやいた。

「え、あ、はい」

なんだか拍子抜けだった。どうせまた『それでも人間が下等なことに違いはない』とか言うと思っていたのに。そうして少し手持ち無沙汰な気分になっていたら、ふいに研究室の扉がノックされた。とくに返事は待たず、リュカが入ってくる。

「ちわーッス、氷室教授。理緒もやっぱここにいたか」

「りおっ。でっかいのがポテト買ってくれたっ。美味いなこれー」

肩にはウールもいて、学食で買ったらしいポテトをぱくぱくと食べていた。さらには沙雪さんと広瀬さんも後ろから入ってくる。

「理緒くん理緒くん、ちょうどそこでばか犬……リュカに会って聞いたんだけど、夏休みに出かけるのよね？　わたしもいっていい？　いいわよね？　じゃあ、理緒くんがわたしを誘ったって形でよろしく！」

「なんで!?　沙雪さん、来るのはいいですけど、もっと素直になった方がいいですよ!?」

と、いつものように先輩をお諫めしていたら唐突に「わう！」という鳴き声が響いた。

見ると、広瀬さんが子犬を抱いている。毛がふわふわで真っ白な子犬だった。

「あれ？　広瀬さん、その子ってもしかして……？」

「ああ、俺の飼い犬のクロスケだ。神崎にも話したことあったろ？　俺が地元に帰るのを待ちきれずにこっち来ちゃってさ。どうせなら神崎にも会わせてやりたいなと思って」

確かに聞いたことがある。広瀬さんは子犬を飼っていて、今は地元の街で親友の高町さんに預かってもらっていると。そう思い出すと同時に子犬――クロスケがジャンプしてこっちの腕のなかに飛び込んできた。反射的に受け止めると、

「わうわう！」

よろしくなっ、と言うように尻尾を振ってくる。頭を撫でてあげると「わふー」と気持ちよさそうな鳴き声が返ってきた。人懐っこくてすごく可愛い。

「でもよくこの子だけで来られましたね。まだ小さいのにすごい長旅だったんじゃないですか？」

「いや一日ちょっとで着いたらしいぞ。クロスケもあやかしだからな」

「え、あやかし？」

「理緒、その子犬は犬神だ。妖狐と同じく、高町遥と契約している」

ロッキングチェアの方から教授が言った。そういえば高町さんはとても強い妖狐と契約していると以前に聞いた。このクロスケも同じなのだろう。ひょっとすると高町さんのまわりには他にもあやかしがいるのかもしれない。そう思い、ふと気づいた。

「教授、もしかして……高町さんに協力してもらったら、あやかし調査がすごく捗るんじゃないですか？」

「……そうきたか」

なんとも言えない顔で教授は腕を組む。

「確かにお前の言うことは的外れではない。高町遥は今やこの国のあやかし問題における第一人者だ。しかし土地の管理者同士は不可侵であることが望ましい。殊更に慣れ合うことはヴァンパイアの矜持に反する」

「でも捗るのは事実ですよね？」

クロスケを広瀬さんに返し、ずいっと教授に詰め寄った。

「高町さんに協力をお願いしましょう。絶対にそうすべきです！」

「……やけに強硬な物言いだな？」

「当たり前です。懐中時計が使えなくなった以上、なんとしても新しい方法を見つけなきゃいけないんですから。そのためにはなんだってしないと！」

試験が終わってから理緒は自分なりに色々調べてみたのだが、この世には人間に戻るためのヒントになりそうな伝説が様々ある。たとえば日本の各地に残る『羽衣伝説』では、天女が羽衣を失くしたことで人間になっている。グリム童話の『十二人兄弟』や『黄金の鳥』では人々が動物に変えられるが、最終的には魔法が解けて人間に戻っている。

あやかしを始めとした超常的な存在の研究は、今や理緒にとって最優先事項なのだ。

「なんなら僕が高町さんと話してみますから。どんどん研究しないと、いつ普通の人間に戻れるかわかりませんし」

「普通の人間か……。しかしお前には神崎家の『神女』の力もあるだろう？　悪鬼羅刹の召喚や夢を使った千里眼を駆使する者は、果たして普通の人間と呼べるのか？」

「う……っ」

痛いところを突かれた。

「だ、大丈夫です。結局、召喚陣は使えなくなったみたいですし、変な夢もあれからみてませんから。『神女』の力の方はたぶん無くなったんだと思います」

一応、本当のことだ。もともと綻びのあった召喚陣はあれから動く様子はなく、近頃は夢見も悪くない。おそらく召喚陣が止まったことで『神女』の力も鳴りを潜めたのだろうと思う。

「とにかく今は高町さんです。せめて話だけでも聞いてみましょう。いいですか？　いいですよね？」

「やれやれ……」

教授は背もたれに深く体を預けて苦笑する。

「まあ、懐中時計の代わりになる方法を探してやると約束したからな。善処はしよう」

「やった……っ。約束ですよ。言質取りましたからね？」

「高貴なる者に二言はない。私の眷属ならばわかるだろう？」

「眷属はやめて下さいってば！」

広瀬さんにも相談し、夏休みになったらリュカ、沙雪さん、ウールも連れ立って、高町さんに会いにいくことになった。あやかし研究も進みそうだし、とても賑やかな夏になりそうな気がする、と理緒は心を弾ませた。

その後、前期試験の打ち上げということで、氷室教授も含めてこのままみんなでご飯にいくことになった。教員棟の九階からエレベーターで一階へ下り、正門へ歩いていく。サークル活動などがあるのか、キャンパス内には学生たちの姿が結構あった。街路樹が眩しい陽射しを受け、レンガの歩道にまだらな木漏れ日が揺れている。

途中、中央棟の前に差し掛かった時、ふと理緒は視線を向けた。自動ドアの向こうには霧峰大学の名所『ガラスの階段』がある。有名なデザイナーが設計したその階段はオープンキャンパスなどのイベントがある度にライトアップされ、七色の輝きを見せてくれる。

春の夜、理緒はあそこであやかしに襲われ、命を失いかけた。

痛くて辛くて恐ろしくて、でもそれ以上に孤独に死んでいくことが怖かった。

「懐かしいな……」

自然にそんな言葉がこぼれた。

暗闇に呑み込まれるような思いがしたあの時とは違い、今は明るい光のなかにいる。

隣にはリュカとウールがいて、少し後ろに沙雪さん、前を向けばクロスケを抱いた広瀬さんの背中が見える。街路樹の方にはユフィさんの白いコウモリもきていて、その視線の先では氷室教授がちゃんとついてきてくれていた。

みんなの気配を感じ、眩しい陽射しのなかで思う。

「ああ、そうか。僕は……」

もう独りじゃないんだ。

みんながいる。優しい人たちの温かい輪に包まれている。

ずっと欲しかった、穏やかな日常がここにあった。

幸せだな、と思った。同時に革靴の音が耳に届き、ふと思う。

じゃあ、氷室教授は？

お前の幸福が何よりの幸せだ、と言ってくれた。あの言葉は本当に嬉しい。でも教授には教授の——自分だけの幸せがあると思う。それはどんな形だろう。

一緒に人間に戻るというのはいい考えだと今でも思ってる。大切な人たちが先に逝ってしまうことを教授は何より恐れていたから、それなら人間に戻って自分と一緒に精いっぱい生きていけばいい。

だけど今回のイザベラさんのことがあって、少しわからなくなってきた。

かつてイザベラさんがしていたような、眷属を連れて永遠に旅をするような生き方。ヴァンパイアにはそういうヴァンパイアとしての幸せがあるのかもしれない。

「………」

気づけば立ち止まっていた。中央棟から少し進んだ先で振り向く。

「氷室教授」

陽の差し込む、光のなかから尋ねた。

「今、幸せですか？」

突然の質問に教授も立ち止まった。

陰陽の交じった、まだらな木漏れ日のなかで返事をしてくる。

「藪から棒にどうした？　あの夜に言ったろう？　お前の幸福が私は……」

淀みなく答えが返ってこようとしていた。しかし途中で教授は言葉を切った。じっと見つめる理緒の瞳に気づいたのだろう。

街路樹の枝からは白いコウモリが二人のことを見守っていた。

教授は困ったように苦笑する。そして入道雲の広がった青空を見上げた。

「正面から幸せかと尋ねられると、即答が難しいものだな。お前を介した幸福は確かに感じている。しかしお前が問いたいのはそういうことではないのだろう？」

理緒は無言で頷く。氷室教授は「そうだな……」とつぶやいた。

「『真祖』の正体が神霊であり、その血を薄めて代を重ねてきたのがヴァンパイアだとしたら……結局のところ、ヴァンパイアと人間の間に大きな隔たりはないのかもしれない。その幸せはおそらく他者との関わり方によって左右される。だとすれば、今の私は……」

どこか迷いを含んだ瞳で教授は答えを口にしようとしていた。

その時、風が吹いた。街路樹の枝が煽られ、光と陰の交じった木漏れ日が揺れる。同時にリュカが大きな声で手を振った。理緒の進む先、皆が待つ明るい場所から。

「おーい、どしたー？　早くこいよー。理緒、氷室教授ーっ！」

教授が言葉を止めた。一方、理緒は唇に弧を描く。今のリュカの声が答えな気がした。

「僕は今幸せです。こうしてみんながいてくれるから。そしてこの人の輪は……氷室教授、あなたが作ってくれたものです」

氷室ゼミ——氷室教授があやかし研究のために作ったこの場所で、理緒はかけがえのないものを手に入れた。だから胸を張って教授に手を伸ばす。

「いきましょう。みんなが待ってます！」

また風が吹いた。さっきよりも強い風だ。

街路樹の枝が大きく揺れ、光と陰の交じっていた場所が眩い光に照らされる。その陽射しのなかで理緒を見つめ、教授は目を細めた。

「そうか、私は……とっくにたどり着いていたのだな」

革靴の音が響き、氷室教授は迷いなく歩み始めた。

「理緒」

温かい光のなかで教授は言う。愛おしそうに理緒の髪をくしゃっと撫でて、

「私は幸せだよ」

大きく羽ばたき、白いコウモリが満足したように飛び立った。

理緒は教授と並んで歩きだす。

人間に戻る方法はいつかきっと見つかるだろう。その時、氷室教授がどんな生き方を選ぶのか、理緒にはまだわからない。人間に戻って一緒に生きてくれるかもしれないし、ヴァンパイアとして理緒を最期まで見守ることを選ぶかもしれない。

だけど、どちらを選んだとしても、もう大丈夫だと思った。

理緒も教授も自分の足で踏み出せることを知ったから。この先、どんな困難があってもきっと歩いていける。

孤独に泣いていた日々はもう遠く、瞳の先には輝く未来が広がっていた。

多くの『人ならざるモノ』を引き寄せる霧峰の街。

この土地で神崎理緒は今日も氷室教授とあやかし調査を続けていく――。

〈おわり〉

あとがき

こんにちは、古河樹(ふるかわいつき)です。

もしも大切な人が人間とは異なる存在で、寿命の長さが違ったら、どんな未来が幸せなのだろう……とたまに想像します。実は前作の『妖狐(ようこ)の執事はかしずかない』シリーズの時から考えているのですが、やっとほんの少し答えが見えてきたような気がします。

というのも先日、一巻のあとがきのように、また別の作家志望の学生の方からお手紙をいただきました。恐縮なことにそのなかで私が作家を目指した理由をご質問いただいたのですが、たぶんそれは前述のような難しい問題について、登場人物たちが答えを見つけてくれたらいいな、と思ったからかもしれません。

妖狐執事の高町遥(たかまちはるか)や本作の神崎理緒(かんざきりお)のずっと先の未来をつらつらと考えていると、そのうち答えがおぼろげに浮かんでくるような気がするのです。

未来の作家さん、お手紙ありがとうございました。理緒の似顔絵、とても可愛(かわい)かったです。もう一つのご質問ですが、文章の練習には身近な人に読んでもらうのが良いかと思います。好きな人と上手(うま)くいくように祈っていますね。

担当K様、今回も鋭いご提案をありがとうございました。とくにウールが猫鬼(みょうき)の通訳

をするというアイデアには「それ可愛い！」と思わず立ち上がってしまいました（笑）

担当O様、見えないところで私たち作家のために奔走して下っていること、日々感じております。いつも感謝の念に堪えません。どうかお体にだけはお気をつけ下さいませ。

イラストをご担当いただいた、サマミヤアカザ様。背景のステンドグラスの色彩が本当に美しく、データをいただいた時は作業をストップして、しばらく眺めておりました。巻を追うごとに教授と理緒の雰囲気が柔らかくなっていて、本文以上に二人の距離感を表現して下さっているのを感じます。感謝の極みです。

お手紙を下さる皆様、デザイナー様、校正様、営業の皆様、書店の皆様、友人夫婦、実家の家族と愛犬、多くの皆様に御礼申し上げます。

そして今このページをお読みのあなた様へ。

こうして三巻までお付き合い下さって、本当にありがとうございます。きっと愛情や幸せの形は人それぞれだと思うのですが、私にとってはこうして読んでいただけることが何よりの幸せです。本作で少しでも恩返しできていれば、これに勝る喜びはありません。

それではまたお逢(あ)いできることを祈りまして。

五月某日　雨上がりの夕方　古河　樹

富士見L文庫

氷室教授のあやかし講義は月夜にて 3

古河 樹

2022年7月15日　初版発行

発行者　青柳昌行
発　行　株式会社 KADOKAWA
〒102-8177　東京都千代田区富士見2-13-3
電話　0570-002-301（ナビダイヤル）

印刷所　株式会社暁印刷
製本所　本間製本株式会社
装丁者　西村弘美

定価はカバーに表示してあります。　◇◇◇

●お問い合わせ
https://www.kadokawa.co.jp/（「お問い合わせ」へお進みください）
※内容によっては、お答えできない場合があります。
※サポートは日本国内のみとさせていただきます。
※Japanese text only

ISBN 978-4-04-074600-5 C0193